LEAD ME TO DEATH

BY

HARENDRA KUMAR

AF516883

pencil

ISBN 978-93-5438-210-9

© Harendra Kumar 2020

Published in India 2020 by Pencil

A brand of
One Point Six Technologies Pvt. Ltd.
123, Building J2, Shram Seva Premises,
Wadala Truck Terminal, Wadala (E)
Mumbai 400037, Maharashtra, INDIA
E connect@thepencilapp.com
W www.thepencilapp.com

All rights reserved worldwide

No part of this publication may be reproduced, stored in or introduced into a retrieval system, or transmitted, in any form, or by any means (electronic, mechanical, photocopying, recording or otherwise), without the prior written permission of the Publisher. Any person who commits an unauthorized act in relation to this publication can be liable to criminal prosecution and civil claims for damages.

DISCLAIMER: This is a work of fiction. Names, characters, places, events and incidents are the products of the author's imagination. The opinions expressed in this book do not seek to reflect the views of the Publisher.

AUTHOR BIOGRAPHY

हरेन्द्र कुमार तीन बेस्टसेलिंग पुस्तकों के लेखक हैं जिनके कई सारी प्रतियाँ बिक गयी है। बचपन से ही उन्हे कहानियाँ पढ़ने और लिखने का शौक था। स्नातक की पढ़ाई समाप्त करते ही उन्होने अपनी पहली लघु कथा I'm Not Psycho : A thrilling Story of love (हिन्दी में) किंडल पर प्रकाशित की। जो रोमांटिक सस्पेन्स में बेस्टसेलर रही। उसके बाद उन्होने एक के बाद एक दो और पुस्तकें प्रकाशित की। उनकी पुस्तक "You won't leave me" शेरिंगस्टोरीस बूक अवार्ड के नोमिनेट किया गया है। उनकी नई पुस्तक "प्रेम कथा" प्रकाशन के बस कुछ दिनों के बाद हिस्टॉरिकलरोमांस मे बेस्ट सेलर लिस्ट मे शामिल हो गई। हरेन्द्र कुमार एक युवा हिन्दी लेखक हैं जो फिल्मों के लिए पटकथा लिखना चाहतेहैं।

आप उन्हे Facebook और Instagram पर फॉलो कर सकतें है ।

CONTENTS

तुम

आधी पूर्णमासी की रात और घने जंगल के मध्य से गुजरती उस पतली गली समान रास्ते से होकर दो आदमी एक भारी बक्से के साथ आपस में बातें करते हुए कहीं जा रहे थे। क्षमता से कुछ ज्यादा ही रफ्तार से बढ़ती उनकी कदमों को अपने मंजिल तक पहुंचने की कुछ ज्यादा ही जल्दी थी लेकिन इस संदूक का भार उनके गति में अवरोधक की तरह था। शाख से टूटकर गिरते पत्ते उनके कदमों के नीचे आकर कुचले जाते और कुछ कलियां जो अगली सुबह की पहली किरण के साथ खिलने को बेकरार थी, बेवजह ही रौंदे गए। जंगल की इस तीव्र सन्नाटे में मध्यम गति से चलती हवाओं के शोर के अलावा कुछ और था तो वो था उन जंगली कीड़ों की तीक्ष्ण आवाजें जो कानों को जरा सा भी नहीं भाता। और उनकी कदमों की आहट और सूखी पत्तों की सनसनाहट शायद थोड़ा डरावना सा लगता है लेकिन यह उतना डरावना भी नहीं था। लेकिन उनकी बातें और उनका लिवास था। हालांकि उनकी शक्ल भी दत्यों के जैसी डरावनी थी और उनका वो लिवास भी बिल्कुल वैसा ही था। और वो तलवारें जो उन्होंने अपनी सुरक्षा के लिए अपने साथ ले रक्खा था।

"कदम थोड़ा तेज बढ़ाओ। वक़्त रेत की तरह बहुत ही तीव्रता से फिसलता जा रहा है और अगर देरी हुई ना तो हमारे हाथ नाकामयाबी के अलावा कुछ नहीं लगेगा।" एक ने अपने दूसरे साथी को अपनी

रफ्तार बढ़ने को कहा ताकि वो अपने गंतव्य स्थान पर वक़्त पर पहुंच जाए।

"फ़िक्र मत करो तुम। अभी जितना वक़्त शेष बचा है वो पर्याप्त है हमारे लिए और यकीन करो मेरा हम वक़्त से पहले ही वहां पहुंच जाएंगे।" उसने उसे आश्वासन दिलाया कि वे सही समय पर वहां पर पहुंच जाएंगे।

"अच्छा तो ठीक है।" और फिर वे दोनों उसी रास्ते पर आगे बढ़ते रहे। कुछ कदम की दूरी तय करने के पश्चात उसके जहन में कुछ प्रश्न आयें और फिर उसने उससे प्रश्न किया।

"तुम्हे पता है कि इस संदूक में क्या है?"

"एक खंजर है।" दूसरे ने उत्तर दिया।

"एक छोटा सा खंजर और इतना वजन? मजाक कर रहे हो क्या?" उसके बातों पर उसे यकीन नहीं हुआ और उसने सोचा की वो उसके साथ मजाक कर रहा है। और वास्तव में इस बात पर विश्वास करना संभव ही नहीं था।

"इस संदूक में खंजर ही है।" उसने अपने शब्दों पर जोर देते हुए कहा और अपने चेहरे की अभिव्यक्ति से यह बताया कि यह कोई मजाक नहीं है। उसे विश्वास करना है तो करे अन्यथा रहने दे। कुछ

क्षण तक लगातार उसके चेहरे को निहारते रहने के बाद उसे यह विश्वास करना ही पड़ा की उस संदूक में मात्र एक छोटा सा खंजर है।

"लेकिन एक छोटे से खंजर का इतना वजन?" उसने प्रश्न किया।

"यही तो खास बात है इसकी। इस खंजर - ए - सुरमानी की। अलग - अलग लोगों के हाथों में इसका वजन अलग - अलग होता है और खुद को खुशनसीब समझो अन्यथा कितनों से तो यह उठता भी नहीं है लेकिन राजकुमारी के लिए, वो तो इसे ऐसे उठा लेती है जैसे कि रूई हो।" उसने उस खंजर की विशेषता बताते हुए उसे कहा।

"सच में?" उसने आश्चर्य से पूछा।

"हां सच में। और जानते हो हमारी कामयाबी अब बस एक कदम की दूरी पर है।" उसने अपने कुछ लक्ष्य और उसकी कामयाबी के बारे में चर्चा किया लेकिन शायद वो इससे अवगत नहीं था।

"कैसी कामयाबी?" उसने प्रश्न किया।

"अरे बस इतना समझ लो कि इस धरती पर अब हम दैत्यों का ही आधिपत्य होगा और बहुत ही जल्दी होगा।" दूसरे ने उत्तर दिया।

उसके ये शब्द पल्ले तो नहीं पड़े लेकिन उसे यह सुन कर खुशी हुई कि बहुत ही जल्दी इस धरती पर दैत्यों का ही आधिपत्य होगा हालांकि ऐसा तो आजतक संभव नहीं हुआ है। वे वैसे ही आपस में

बाते करते हुए आगे बढ़ते रहे और कुछ मिनटों के बाद वे एक गुफा के पास पहुंचे। गुफा से कुछ दूर पहले से ही मशालें एक निश्चित दूरी के अंतराल पर जल रही थी और उन्हीं दोनों की तरह वस्त्र पहने कई लोग पहरेदार की तरह हथियार लिए खड़े थे। वो दोनों आगे बढ़ते हुए गुफा के मुख्य द्वार के समीप गए और उन दो पहरेदारों को अपनी विशेष भाषा में अभिनन्दन किया और उसके पश्चात वे उस संदूक के साथ अन्दर चले गए।

अन्दर दीवार से लिपटी कुछ मशालें थी जो पथ प्रदर्शित कर रही थी उन्हें उस स्थान तक जाने के लिए जहां उन्हें जाना था। मानव रक्त सूखी स्याही की तरह जमीन और गुफा की दीवारों पर सने हुए थे और कंकाल और अस्थियां हर ओर बिखरे हुए थे। ऐसा प्रतीत हो रहा था कि सैकड़ों लोगों की शवों को दफ़न करने के बजाय इस स्थान पर ऐसे ही फेंक दिया गया था जो अब तक दफन होने के लिए तड़प रहे हैं। और वक़्त ने उनके मांसों को नोंच - ना◌े◌ंच कर खाया है। उन कंकालों और अस्थियों को रौंदते हुए वो दोनो अंदर गए।

हालांकि गुफा के इस स्थान पर बहुत सारी कहानियां दफन थी लेकिन उसे सुनने और सुनाने वाला कोई नहीं था। उसी तरह के वस्त्र में उन्हीं दोनों के जैसे कई लोग उस स्थान पर तैनात थे लेकिन वो दोनो उस वृद्ध औरत के लगभग दस कदम पीछे रुके जो काले जादू के सजावट के व्यवस्था के साथ बैठी मंत्र पढ़ने में व्यस्त थी । उसकी बिखरी हुई कंधे तक की लंबाई वाला बाल और उसकी वो रूप वास्तव

में डरावना था और जिस तरह से वो लगातार मत्रों को पढ़े जा रही थी किसी भी इंसान का डर जाना आम था। उस स्त्री के कार्य में खलल न पड़े इसी लिए दोनों ने बड़ी ही सावधानी से उस संदूक को नीचे रखा और उस औरत से कहा, " कलाकक्षी माई संदूक आ गया।" उस औरत ने मंत्र पढ़ना जारी रखा और दाईं हाथ से इशारा करते हुए दोनों को संदूक अन्दर ले जाने को कहा।

दोनों ने संदूक को फिर से उठाया और उस औरत के द्‌वारा बताए हुए दिशा में चलें गए।

डरावनी दिखने वाली उस औरत के बिल्कुल सामने उन दो मोटे खंभों से एक चौबीस वर्ष का नौजवान बेड़ियों में कैद था। वो बेहोश था और पूरे शरीर का वजन उसके घुटनों पर ही था। उसके गर्दन पर जो रक्त के थक्के थे, से प्रतीत हो रहा था कि उसे बेहोश करने के लिए किसी ने उसके सिर पर जोर से मारा था और शायद उसे बेहोश हुए कुछ ही घंटे हुए थे। अन्य सभी लोग जो उन दोनों की तरह के पोशाक में थे हथियार लिए अपने - अपने स्थान पर मूर्ति की भांति मौन खड़े थे और वो औरत कालाकक्षी माई काले जादू के विधियों के अनुसार पूजा करने और मंत्र पढ़ने में व्यस्त थी।

आहिस्ता - आहिस्ता उस नौजवान को होश आने लगा और उस दर्द को महसूस करने लगा जो उसके बेहोशी का कारण बना था। "आह..!" उसके होंठों ने दर्द को जाहिर किया और उस स्थान का अनुमान लगाने के लिए जहां उसे चोट लगा था उसने अपना हाथ

उठाना चाहा लेकिन उन बेड़ियों ने उसके हाथों को उसके सिर के पास तक ले जाने की अनुमति नहीं दिया। और उसे महसूस हुआ कि वो बेड़ियों में कैद है। अपनी इस स्थिति की वास्तविकता जान कर कि वो बेड़ियों में कैद है, बेचैन हो उठा और खुद को आजाद करने का हर एक संभव प्रयास करने लगा। लेकिन उन बेड़ियों की ताकत उसके भुजाओं की तुलना में कई गुना ज्यादा थी और जिसका परिणाम यह हुआ कि उसका हर एक प्रयास उसी को क्षति पहुंचने लगा। तभी उसने उन मंत्रों की ध्वनि को सुना जो कालाकक्षी माई निरंतर पढ़े जा रही थी और तब उसने खुद को उन बेड़ियों से आजाद करने का प्रयास छोड़ कर उसकी ओर देखा।

बिखरे बालों वाली उस औरत के सामने मानव कंकाल की कुछ हड्डियां जैसे की खोपड़ी और कुछ पसलियां रखी हुई थी और अजीब सी हरकतें करते हुए वो ऐसे शब्दों का उच्चारण कर रही थी जो की समझ से बाहर था। इस दृश्य को देख और खुद को बेड़ियों में कैद पा कर वो कल्पना करने लगा कि वह एक डरावना सपना देख रहा है लेकिन वास्तविकता यह था कि यह कोई स्वप्न नहीं था। और जल्दी ही इसका एहसास उसे हो गया। डर के कारण उसकी धड़कने अत्यंत ही तीव्र गति धड़कने लगा और मस्तिष्क कल्पनाएं करने लगा कि आने वाले अगले कुछ क्षणों में उसका अंजाम क्या होगा? और उसकी ये सारी कल्पनाएं उसके भय के स्तर को और भी बढ़ा रहा था।

"मै यहां? और तुम लोग कौन हो?" अपने हाथ से जकड़े बेड़ियों को खींचते हुए और उन लोगों को देखते हुए उसने बोला। फिर उसे याद आया कि बेहोश होने से पहले वो तो अपनी प्रेमिका के साथ में था और तभी अचानक से किसी ने उसके सर पर जोर से मारा था।

किसी ने उसके प्रश्न का कोई उत्तर नहीं दिया। और उसे ऐसे अनदेखा करते रहे जैसे की वो उस कमरे में था ही नहीं।

"और वो कहां है? तुम लोगों ने उसे कुछ किया तो नहीं? और मुझे ऐसे बेड़ियों में क्यों कैद कर रक्खा है? खोलो मुझे।" उसने उन लोगों से अपनी प्रेमिका के बारे में पूछा और खुद के बेड़ियों से आजाद करने को कहा। लेकिन किसी ने उसके प्रश्नों का कोई उत्तर नहीं दिया।उसकी बातों को वो लोग ऐसे अनदेखा कर रहे थे जैसे की वो उस कमरे में है ही नहीं। और ऐसे खड़े थे मानों वे लोग निष्प्राण मूर्ति हों।

"कुछ पुछ रहा हूं तुम लोगों से मै। सुनाई नहीं देता है क्या तुम लोगों को? बहरे हो?" उसने फिर से उन लोगों से उत्तर की उम्मीद से कहा और बेड़ियों को खींचते हुए बोला कि खोलो मेरे इन जंजीरों को। लेकिन परिणामस्वरूप उसे किसी से कोई उत्तर नहीं मिला। उन लोगों का उसके साथ ऐसा व्यवहार उसे गुस्सा दिलाने लगा था और उसके हर एक प्रश्न के उत्तर पर खामोशी गुस्से के स्तर को बढ़ाता जा रहा था। उसे लगने लगा कि वे लोग उसके साथ मजाक कर रहे हैं।

"अरे ओ बहरी बुढ़िया..." उसने कालाकक्षी माई से कहा। उसके मुख से इस वाक्य को सुनते ही वो कुछ क्षण के लिए मौन हो कर उसे देखते रही। उस नौजवान को लगा की अब वो औरत उसके प्रश्नों का उत्तर देगी लेकिन कुछ क्षणों के मौन के पश्चात वो फिर से मंत्र पढ़ने में व्यस्त हो गई। नौजवान उसके इस व्यवहार पर चिढ़ सा गया और उसका दिल किया कि तुरंत ही वो उस बुढ़िया का सर फोड़ दे लेकिन क्या करता? वो तो बेड़ियों में कैद था।

"जवाब दो। बहरे हो क्या सब लोग? और मुझे बेड़ियों में क्यों कैद कर रखा है? क्या बिगाड़ा है मैंने तुम लोगों का? बताओ? और वो कहां है? अगर उसे कुछ हुआ ना तो मै तुम सब को मार डालूंगा।" गुस्से से चिल्लाते हुए उसने उन लोगों से प्रश्न किया लेकिन इस बार भी किसी ने उसके प्रश्नों का कोई उत्तर नहीं दिया।

एक सैनिक जो उससे लगभग दस कदम की दूरी पर खड़ा था, उसके पास गया और बोला," तुम तो बिल्कुल बलि के बकरे की तरह झटपटा रहे हो। सब्र करो तुम्हारी बलि जल्दी ही दे दी जाएगी।" उस सैनिक के उत्तर ने उसके भय को शीर्ष पर पहुंचा दिया । बलि और वो भी इंसानों की, और वो भी मेरी यह वाक्य उसके मस्तिष्क में घूमने लगा और ऐसी स्थिति किसी को भी असुविधा क्षेत्र में ले जा सकता है। उसने फिर एक कोशिश किया और उन जंजीरों को अपने बाहुबल से तोड़ देना चाहा लेकिन उन बेड़ियों के बल के सामने वो हार गया।

"पागल हो गए हो क्या? और ये क्या बकवास बात कर रहे हो? खोलो मेरे जंजीरों को।" उसने उस सैनिक से कहा और बेड़ियों को खींचा ताकि उसके झटके से जंजीरें टूट जाए। उसे देख कर वो थोड़ा हंसा और उसकी हालत पर शायद उसे तरस आ गया इसीलिए उसने उसे सच्चाई बताने की सोची और उससे अभी कुछ कहने ही वाला था कि पायल के खनकने की ध्वनि सुनकर रुक गया।

पायल की इस ध्वनि से वो पूरी तरह से अवगत था, जिसे सुनते ही उसका दिल उसे बार - बार कहने लगा कि ये वही है। भले ही एक इंसान दुनियां के हर चीज को भूल सकता है लेकिन एक प्रेमी अपने प्रेमिका के आगमन को दूर से ही महसूस कर लेता है। उसकी कदमों कि आहट सुन कर हवाएं शोर मचाते हुए प्रेमी के कानों में कह देता है कि वो आ रही है और फिर उसकी धड़कने बेतहाशा धड़कने लगता है। बिल्कुल इसी तरह वो उस हल्की कदमों की आहट से भलीभांति अवगत था और ये पायल की ध्वनि अक्सर उसे तड़पाया करती थी, वो कैसे इस ध्वनि को नहीं पहचानता। लेकिन एक पल के लिए उसे अपनी इस अनुभूति पर विश्वास नहीं हुआ क्योंकि वो जानता था कि उसकी प्रेमिका कभी भी उसे कष्ट में नहीं देख सकती और इस तरह से बेड़ियों में कैद तो कभी नहीं। लेकिन वास्तविकता यह था कि वो अभी जख्मी हालत में बेड़ियों में कैद था। पुष्टि करने के लिए और यह जानने के लिए कि ये जो कदमों की आहट वो सुन रहा है और वो लड़की जो यहां इस ओर आ रही वास्तव में उसकी प्रेमिका है या

कोई और वो उस दिशा में लगातार देखता रहा जिस दिशा से वो आ रही थी।

उसकी जिज्ञासु नजरें उस दिशा में बिना पलकें झपकाए उस स्थान को लगातार देखे जा रहा था जिसके उस पार अंधेरे के सिवा कुछ नहीं था सिवाय उस लड़की के कदमों की ध्वनि के क्योंकि जितनी भी मशालें उस कमरे में रौशन थी, की रौशनी उस स्थान के इस छोर तक ही सीमित था। और जैसे - जैसे उसकी कदमों की आवाज तेज होते जाती नौजवान की धड़कने और भी तेज होते जाती और उसकी उत्सुकता और भी बढ़ते जाती। वो उसकी कदमों की गिनती करने लगा था। और जैसे ही उसकी गिनती समाप्त हुई वो लड़की उस अंधेरे से बाहर रौशनी वाले स्थान पर आईं। बेहद ही खूबसूरत वस्त्रों से सुसज्जित लम्बी बालों वाली उस लड़की को देख कर वो चौंक उठा क्योंकि जिस वास्तविकता को अब तक नकारता रहा था और जिसे वो अपनी स्मृति के द्वारा बनाई गई एक झूठी कहानी समझ रहा था दुर्भाग्य से वो सत्य निकला। वो लड़की उसकी प्रेमिका ही थी और जब उसने उससे नजरें मिलाने की कोशिश की तो उसकी प्रेमिका ने नजरें फेर ली।

"माई अभी कितना वक़्त शेष है?" और उस लड़की ने उस बिखरे बालों वाली बुढ़िया से पूछा।

"बस कुछ घड़ी और। तुम तैयार हो?" कलाकक्षी माई ने उत्तर दिया और साथ ही में उससे प्रश्न किया। उस लड़की ने हां में सर हिलाया।

"कोमल, ये सब क्या हो रहा? ये लोग कौन है? और मुझे ऐसे बेड़ियों में क्यों बांध रखा है?" उसने उस लड़की से प्रश्न किया लेकिन वो लड़की खामोश खड़ी रही। इस विश्वास ने उसे आश्वासन दिलाया कि शायद उसकी प्रेमिका कोई मजाक कर रही है उसके साथ और उद्देश्य मात्र उसे डराना और तंग करना था।

"अरे मूर्खों तुम लोग इतनी देर से मेरे प्रश्नों का उत्तर क्यों नहीं दे रहे थे। और पागल बुढ़िया तुम? तुम जब बोल और सुन सकती थी तो गूंगे और बहरे की तरह मेरे प्रश्नों का उत्तर क्यों नहीं दे रही थी? बस अब बहुत हो गया। कोमल इन बेड़ियों ने मेरे हाथों को जकड़ दिया है और जिससे मुझे बहुत दर्द महसूस हो रहा है। आओ और अब खोल दो इन्हें और चलो। घर चलो। बहुत वक़्त हो गया है घरवाले हम दोनों का इंतेज़ार कर रहे होंगे।" नौजवान बोलता रहा और वो लड़की, उसकी प्रेमिका निशब्द सुनती रही। उसके बातों पर उसकी अभिव्यक्ति कुछ इस प्रकार के थे कि जैसे वो नौजवान बकवास कर रहा है और उसकी बातें उसे एक फीसदी भी नहीं भा रही हो।

"माई खंजर आ गया क्या?" उसे अनदेखा करते हुए उस लड़की ने बिखरे बालों वाली उस औरत से खंजर के बारे में पूछा।

"उस कमरे में है। और जो विधि - व्यवहार है उसे जल्दी से संपन्न करो। मुहूर्त की घड़ी आरंभ होने को है।" कलाकक्षी माई ने उस कमरे की ओर इंगित करते हुए उत्तर दिया जिस कमरे में दोनों आदमी संदूक के साथ अन्दर गए थे।

"अच्छा ठीक है माई।" कहते हुए वो उस कमरे में चली गई जिसके बारे में अभी कलाकक्षी माई ने उसे बताया था। नौजवान उसे पुकारता रहा और अपनी बेड़ियों को खोलने और ये सब क्या हो रहा, पूछता रहा लेकिन उसे अनदेखा करते हुए अन्दर चली गई।

तब वो सैनिक जिसने उसे सारी सच्चाई बताने को सोचा था, उसके पास गया और उसके हालत पर वो हंस रहा था। क्योंकि उसे उस नौजवान का अंजाम पता था और उसकी मोहब्बत की भी।

"वो लड़की जिसे तुम अपनी प्रेमिका समझते हो। जानते हो कौन है?" उस सैनिक ने नौजवान से पूछा लेकिन उसके प्रश्न को बेमतलब का समझ कर मौन रहा और उसी कमरे के ओर देखता रहा जिस कमरे में उसकी प्रेमिका उसे अनदेखा कर चली गई थी। उसके मस्तिष्क में बस एक ही बात घूम रहा था कि ये सब बस उसे डराने के लिए है और उसकी प्रेमिका ने उसे इस लिए अनदेखा कर दिया था क्योंकि वो उसे डरा हुआ देखना चाहती थी।

"बकवास बंद करो अपनी। मुझे पता चल गया है कि तुम लोग कौन हो? तुम बेवकूफों को तो ठीक से नाटक भी करना नहीं आता। और जानते हो वो कौन है? वो कोमल है। मेरी प्रेमिका और वो भी मुझसे बहुत प्यार करती है।" नौजवान ने इस विश्वास से उत्तर दिया कि वो अवधारण बिल्कुल ही सत्य ही जो उसका दिल कह रहा है। और उसे अपने प्यार पर पूरा भरोसा था। उसकी बातों पर वो सैनिक फिर से हंसा और बोला।

"दैत्य राज की पुत्री है वो और उसका प्रेम तुम्हे बलि के लिए तैयार करने की एक विधि है। और जल्दी ही तुम्हारी बलि दे दी जाएगी। लेकिन अपनी कुर्बानी पर न तुम अफ़सोस मत करो क्योंकि तुम्हारी ये कुर्बानी हम दैत्यों को एक कदम और सफलता की ओर ले जाएगी।"

"क्या कहा? दैत्य? बेवकूफ समझा है क्या? कोई और बात कहते तो शायद मै यकीन भी कर लेता तुम्हारा लेकिन दैत्य? ये सिर्फ कहानियों में होते है। वास्तविकता उसके अस्तित्व को साबित नहीं करती।" नौजवान को लगा की सैनिक उसे बेवकूफ बना रहा है क्योंकि वो खुद को और उसकी प्रेमिका को दैत्य बता रहा जिसका अस्तित्व ही नहीं होता है। अगर वो कहीं होते है तो सिर्फ किस्सों और कहानियों में।

"यकीन करना या नहीं करना तुम पर है। लेकिन तुम्हारे नकारने से वास्तविकता मिथ्या नहीं हो जाएगी। वहां देखो। दैत्य राज कालंबकासुर का शव।" एक ओर इंगित करते हुए सैनिक ने एक विशालकाय शरीर वाले दैत्य को दिखाया।

चार मोटे स्तंभों के मध्य कमर जितनी ऊंची चबूतरे जैसी शीला पर एक विशालकाय शरीर वाला दैत्य अचेत पड़ा था। उन चारों स्तंभों में अद्भुत शिल्पकारी जिसकी खूबसूरती और कारीगरी स्वतः ही नज़रों को आकर्षित करने लगा था। इस दैत्य का स्वरूप ही कुछ ऐसा था कि कोई भी आम इंसान भयभीत हो जाय। कालंबकासुर को देखने के

पश्चात नौजवान का दिल करने लगा कि वो यकीन करले कि सैनिक का कथन बिल्कुल सत्य है। और जैसे ही यह अवधारणा उसके जहन में उत्पन्न हुआ कि दैत्य का अस्तित्व होता है और जिसका प्रमाण उसके नज़रों के सामने था।

"क्या बकवास कर रहे हो तुम लोग। वो कोई दैत्य राज नहीं है बल्कि किसी शिल्पकार की अदभुत कारीगरी है। और अगर तुम्हारी शक्ल अच्छी नहीं है तो कभी - कभी बातें तो अच्छी कर लिया करो। और मुझे उस पर पूरा भरोसा है क्योंकि मैं जानता हूं कि वो भी मुझसे प्यार करती है।" उस साक्ष्य को नकारते हुए उसने विश्वास के साथ सैनिक को उत्तर दिया।

सैनिक ने इसके पश्चात कुछ नहीं कहा और वापस अपने स्थान पर चला गया।

कुछ क्षण बाद उसकी प्रेमिका उस कमरे से वापस आईं। वही खंजर लिए जिसे वो दोनो संदूक में लेकर आए थे। अपनी प्रेमिका को पुनः देख कर उसे हौसला मिला और उसे अपनी बेड़ियां खोलने को कहा।

"कहां चली गई थी तुम कोमल? पता है कुरूप दिखने वाला मूर्ख कह रहा था कि तुम किसी दैत्यराज की पुत्री हो और तुम्हारा प्रेम झूठा था। ये लोग दैत्य है और इनके किसी खास मकसद की पूर्ति के लिए तुम मेरी बलि देना चाहती हो।" नौजवान ने अपनी प्रेमिका से कहा

और कुछ क्षण इंतजार करता रहा उसके उत्तर का लेकिन उत्तर में उसने कुछ नहीं कहा।

दैत्यराज की पुत्री अनामिका उसकी बातों को सुनने के पश्चात कलाकक्षी माई के पास जाकर बैठ गई। अपने दोनो हाथों की अंजलि पर खंजर को व्यवस्थित कर हाथ आगे की और आंखे बंद करके कुछ मंत्रों को अपने मन में ही दुहराने लगी। कलाकक्षी माई आगे की जो भी विधियां थी उसे संपन्न करने लगी।

अपनी प्रेमिका के हाथों में खंजर और मंत्र पढ़ने वाली उस औरत के साथ में बैठे विधियों को संपन्न करते देख डर तो गया लेकिन अब भी उसे लग रहा था कि वो ये सब बस उसे डराने के लिए कर रही है।

"ये सब क्या कर रही हो तुम? कोमल मै जानता हूं कि तुम ये सब मुझे डराने के लिए कर रही हो। देखो मुझे मै वास्तव में भयभीत हो गया हूं। लेकिन अब बहुत हो गया और बहुत देर भी हो चुका है। घरवाले इंतजार कर रहे होंगे। चलो। और मेरे जंजीरों को खोल दो। ये बेड़ियां मुझे बहुत तकलीफ़ दे रही है।" लेकिन उसके बातों में उतनी क्षमता नहीं था कि उसका ध्यान आकर्षित कर सके। वो तो उसे ऐसे अनदेखा कर रही थी जैसे कि वो यहां है ही नहीं।

"कुछ तो बोलो कोमल। तुम्हारी चुप्पी मेरी जान ले लेगी।" नौजवान ने फिर से कहा।

अनामिका उठी और उसकी ओर मुड़ी। खंजर को दाई हाथ में लेते हुए आहिस्ता - आहिस्ता उसकी ओर बढ़ने लगी। निशब्द और मौन। उन वस्त्रों में उसकी खूबसूरती अवर्णनीय था और उसकी खूबसूरती के तारीफ में शब्दकोश के सारे शब्द फिके थे लेकिन उसका ये विध्वंसक स्वरूप। आंखे तो ऐसी थी कि जिसे देखते ही कोई भी दीवाना हो जाय; भोर की तारे की तरह मोहिनी - भूरे रंग की पुतली को ढकती बार - बार बेहद ही खूबसूरत पलकें लेकिन इनमें मोहब्बत नहीं आक्रोश था। और ये निशब्द भाव में व्यक्त कर रहे थे कि मौत के समय तड़पते इंसानों की छवि इन्हे बेहद पसंद है। और वो नौजवान उसकी इन्हीं आंखों में अपने लिए मोहब्बत ढूंढ रहा था। हालांकि वो समझ चुका था कि वास्तविकता वही था जो सैनिक उसे बता रहा था।

सुराहीदार गर्दन के ऊपर उसके कानों से लटकते झुमके आशिकों के दिल के कांटे की तरह था और त्वचा का गेहूंआ रंग पत्थर को भी आशिक़ बनाने वाला। उसकी हंसी और ये कातिल हुस्न हजारों प्रेमियों के नींद और चैन का कातिल थे लेकिन अभी वो अपने प्रेमी का ही कत्ल करने जा रही थी इसलिए नहीं कि उसका आशिक़ गुनेहगार था बल्कि इसलिए क्योंकि शायद यही उसका व्यापार था।

"कोमल क्या तुम सच में कोमल नहीं हो? और क्या सच में तुम्हारा प्यार बस एक झूठा कहानी था? ये मूर्ख तुम्हे दैत्यराज की पुत्री कह रहा था क्या यह सच है? नहीं ये सब झूठ है। मुझे पता है

कोमल तुम मुझे डराना चाहती हो, है ना?" उसकी उत्तर के लालसा में कुछ देर मौन रहा वो नौजवान।

कलाकक्षी माई ने पुनः मंत्र पढ़ना आरम्भ कर दिया और शायद मुहूर्त में अभी कुछ घड़ी शेष था इसीलिए वो बहुत ही मंद गति से उसकी ओर बढ़ रही थी। हालांकि वो चाहती तो नौजवान के प्रश्नों का उत्तर दे देती लेकिन शायद उसे इस तरह से तड़पता देख अच्छा लग रहा था और वो चाहती थी कि मरने के पहले वो और तड़पे इसीलिए मौन रही।

"कोमल तुम मेरे एक भी प्रश्नों का उत्तर क्यों नहीं दे रही? क्या सच में तुम मेरी बलि देने वाली हो? देखो कोमल तुम्हे अंधविश्वास पर भरोसा नहीं करना चाहिए। और इन सब चीजों से कुछ होता नहीं। एक काम करो। पहले तुम मेरी बेड़ियां खोलो और वापस चलो। क्योंकि इस पागल बुढ़िया के चक्कर में आ गई हो तुम। देखो मै तुमसे बहुत प्यार करता हूं और तुम भी तो करती हो। खोलो मुझे मै सबकुछ बताऊंगा तुम्हे कि कैसे ये लोग लोगों को बेवकूफ बनाते है।" इतना कहने का बाद उसे लगा कि वो उसके बातों से सहमत है और बलि देने का विचार त्यागकर अब वो उसके पास उसे बेड़ियों से आजाद करने आ रही है।

"हां। आओ और पहले मुझे इन बेड़ियों से आजाद करो। बहुत दर्द हो रहा है मुझे और चलों यहां से। इन सब को भी वापस चले जाने को बोल दो और फिर हम दोनों शांति से विचार कर जो भी समस्या

है उसका हल ढूढेंगें। आओ और जल्दी से खोलो इन जंजीरों को।" नौजवान ने बोलना जारी रखा।

लेकिन जब वो उसके बिल्कुल ही करीब पहुंची दाएं हाथ से उसका कमीज़ पकड़ते हुए वो खंजर उसके सीने में घोंप दी। दर्द से वो चीख पड़ा।

"बेवकूफ, फिजूल की बातें है ये मोहब्बत की कहानी कुछ नया कहते तो अच्छा होता।" खंजर को उसके सीने में घोपने के दौरान बोली। फिर आहिस्ता - आहिस्ता उसके सीने को चीरने लगी। इस असहनीय दर्द के मारे वो नौजवान तड़प रहा था उन जंजीरों की कम्पन का शोर और उसकी दफन चींखें जिसे जाहिर करने के लिए पर्याप्त नहीं थे।

"अब चुप भी हो जाओ इश्क़ के परिंदे। यहां कोई नहीं है जो तुम्हारा दर्द सुनेगा।" अनामिका ने नौजवान का सीना चीर कर उसके सीने से कलेजा निकाल लिया और आप समझ सकते हैं उस शख्स के दर्द को जिसके जीवित रहते ही उसके सीने से दिल निकाल लिया गया हो। उसकी प्रेम कहानी उसके चीख के साथ ही इस गुफा के चारों दीवारों के भीतर दफन हो गया। अगर इस संसार में कुछ है जिसकी तुलना ईश्वर से किया जा सके वो मात्र एक ही चीज है प्रेम। चाहे वो माता का अपने पुत्र के लिए स्नेह हो, पिता का पुत्री के लिए, भाई का भाई और बहन के लिए या एक प्रेमी का उसके प्रेमिका के लिए।

लेकिन उसी प्रेम और स्नेह का परिणाम आज उस नौजवान ऐसा मिला।

खून से लथपथ खंजर को लेने के लिए एक सैनिक उसके पास गया। अनामिका ने खंजर को उसके हथेली पर रख दिया। खंजर उसे इतना वजनदार महसूस हुआ कि जिसके वजन से वो जमीन तक झुक गया लेकिन कैसे भी करके उसने अपना संतुलन बनाया और एक ओर जा खड़ा हुआ। फिर अनामिका ने उसके सीने में हाथ डालकर उसके दिल को उठाई और उस दिशा में मुड़ी जिस दिशा में कालंबकासुर का शव पड़ा था। हृदय से टपकते लहू धरती पर गिर रहे थे और इसी दौरान उस बिखरे बालों वाली बुढ़िया ने मंत्र पढ़ने की गति बढ़ा दी।

रक्त से सने दोनो हथेलियों पर लिए नौजवान के दिल के साथ वो कालंबकासुर के बिल्कुल ही पास गई और उसके सीने पर हृदय के स्थान पर उसका दिल रख दी। हृदय को उसके सीने पर रखने के तुरंत पश्चात ही गुफा के ऊपर एक बड़ा सा छेद बन गया और उसके माध्यम से होकर चांद की मीठी रौशनी नौजवान के दिल और कालंबकासुर के सीने पर पड़ने लगा। खून से लथपथ नौजवान का वो कलेजा को दैत्यराज के सीने के ऊपर रखा था, अपने पर पड़ रही चांद की रौशनी को सोखने लगा और वो भी उस उपग्रह की तरह धीरे - धीरे प्रकाशमान होने लगा जो तारे से तेज लेकर चमकते है ब्रह्मांड में। तापमान और मौसम में थोड़ा सा परिवर्तन होने लगा और चारो ओर से बंद उस गुफा में हल्की तेज हवाएं चलने लगी जिसमें वायु के अंदर

आने का ना ही कोई माध्यम था और ना ही कोई मार्ग। दैत्यराज की पुत्री पांच कदम पीछे आ गई और बिखरे बालों वाली वो औरत खड़ी हो गई। उसने अब मंत्र पढ़ना तो बंद कर दिया था लेकिन अभी भी को शायद किसी का आवाहन कर रही थी। अन्य दैत्य सैनिक महसूस करने लगे गुफा का तापमान गिर गया है और ठंडी हवाएं जल्दी ही उन्हें ठंड से ठिठुरने को विवश कर देगा। वैसे तो प्रकाश अदृश्य होता है लेकिन नौजवान के दिल पर पड़ने वाली किरणों को स्पष्ट देखा जा सकता था।

चांद की रोशनी को कुछ क्षण तक सोखने के पश्चात एकाएक ही नौजवान का हृदय तारे की तरह चमकने लगा और जिसकी रौशनी उन मशालों की तुलना में कई गुना ज्यादा थी जो इस गुफा के अंदर जल रहा था। और धीरे - धीरे उस हृदय से निकलने वाली किरणों ने पूरे गुफा को इतना रौशन कर डाला कि वहां उपस्थित हर एक की आंखे चकाचौंध हो गई सिवाय अनामिका के। इतनी तीव्र रौशनी में भी वो नौजवान के हृदय को स्पष्ट देख सकती थी। पुनः वो पांच कदम आगे बढ़ी और हृदय की ओर हाथ बढ़ाई। हृदय को उठा कर अनामिका ने उसे दैत्यराज के सीने में डाल दिया। इस वक़्त दैत्य राज का सीना पारदर्शित सा प्रतीत हो रहा था तभी तो अनामिका ने बिना उसके सीने को चिरे नौजवान के हृदय को उसके दिल के स्थान पर रख दी। कुछ कदमों की दूरी पर खड़ा वो सैनिक जो रक्त से सने खंजर को लिए संतुलित खड़ा रहने का प्रयास कर रहा था, ने जब देखा कि अनामिका नौजवान के हृदय को दैत्यराज के सीने में स्थापित कर रही

है फुर्ती से उसके पास गया। नौजवान के हृदय को दैत्यराज के सीने में स्थापित करने के पश्चात अनामिका ने खंजर पुनः सैनिक के हाथ से ले लिया। क्योंकि वो इस चकाचौंध रौशनी में भी चीजों को स्पष्ट देख सकती थी, दाहिना हाथ को दैत्यराज के सीने के पास और नौजवान के हृदय के ऊपर ले जाकर उसने खंजर से अपनी उंगली की त्वचा काट ली। फिर उसकी उंगली से बह रक्त की दो तीन बूंदे नौजवान के हृदय पर पड़ा तो कुछ अलग सा ही हुआ। नीली - बैगनी सी तीव्र रौशनी जैसे पूरे गुफा से आकर दैत्यराज के सीने में सिमटने लगी और अगले कुछ क्षणों के पश्चात ऐसा लगा कि जैसे वो सारी रौशनी उसके सीने में कैद हो गई और वातावरण बिल्कुल पहले के जैसा हो गया।

खंजर पर लगे रक्त और अपनी उंगली से बहते खून को एक वस्त्र में पोछते हुए वो उस नौजवान के पास गई जो इस प्रेम कथा का एक छोटा सा किरदार था और मोहब्बत में फना हो गया। सीने से बहते लहू अभी तक जमीन को रंग रहा था और उसकी प्रेम कहानी न जाने कब की उसके चीखों के साथ ही दफन हो गया।

"मोहब्बत का क्या जुनून है इन आशिकों को कि मौत को भी गले लगा लेते है मुस्कुराते हुए। लेकिन मेरे मेहबूब मुझे तुम्हारा ये अंदाज कुछ खास पसंद नहीं आया।" नौजवान के बाल को मुट्ठी से पकड़ कर उसका गर्दन उठाते हुए बोली।" बेवकूफ दुनिया वाले दिल्लगी का शौक रखते है। मोहब्बत करते है। हुस्न के नशे में बेहिसाब खोए रहते है।

म भी रहते थे। तो क्या मिला तुम्हे?

"बेवकूफ दुनिया वाले दिल लगने का शौक़ रखते है...

और मै वो हूं जो इस दिल को मिटाने का शौक़ रखती हूं...!

हार गई आज फिर से मोहब्बत। इश्क़ और आशिकी में एक और आशिक फिर फना हो गया...! पर कौन कहेगा मेरे मेहबूब तुम्हारी मोहब्बत की कहानी? माई अपनी गिनती में एक संख्या और जोड़ लो। बस एक और आखिरी बचा है उसके बाद इस धरती पर ना ही मोहब्बत रहेगा और ना ही मोहब्बत करने वाले लोग।" कलाकक्षी माई की और देखते हुए उसने कहा।

"बधाई हो तुम्हे भी इस कामयाबी की। बस एक कदम और।" कलाकक्षी माई ने उत्तर दिया।

"तुम्हे भी माई। और सैनिकों फेक दो इस दीवाने के शरीर को उन्हीं आशिकों के बीच जो मोहब्बत और इश्क़ में मेरे लिए फना हुए है ताकि इसकी रूह उन सब को अपनी महबूबा की नई कहानी सुना.ए....!" कहते हुए वो उस नौजवान के और भी नजदीक गई और झुकी। उसकी बंद आंखो को देखते हुए बोली। "तो मेरे मेहबूब, क्या शीर्षक होना चाहिए तुम्हारी इस प्रेम कहानी की?"

वो सीधी खड़ी होकर थोड़ी देर सोची और फिर बोली। "मेरे ख्याल से होनी चाहिए 'कातिल माशूका' अच्छा रहेगा।"

आदेश पाने के तुरंत बाद ही कुछ सैनिक भागते हुए नौजवान के पास गए और उसके मृत शरीर को जंजीरों से आजाद करने लगे।

"आजाद कर दो अब मेरे महबूब को बेड़ियों से ताकि ये ना कहे कि उसकी प्रेमिका ने मरने के उपरांत उसकी आखिरी ख्वाहिश पूरी नहीं की।" अनामिका दोहराई।

बेड़ियों में कैद एक आशिक़ अब तो आजाद हो चुका था नश्वर देह के जंजीरों से तो फिर अब उन बेड़ियों से रिहाई का जश्न मनाता तो भी क्यों? उसने तो शायद निस्वार्थ प्रेम किया और बदले में भी तो बस प्रेम ही मांगा था ईश्वर से, तो फिर ये कैसी कहानी थी उसकी जिसका अंत वो खुद भी नहीं समझ सका। उसकी प्रेमिका क्या वास्ताव में दैत्यराज की पुत्री थी। लग तो कुछ ऐसा ही रहा था क्योंकि कोई इंसान इतना निर्दय कैसे हो सकता है जो अपने ही प्रेमी के सीने से उसका दिल निकाल ले। अरे प्रेम करने वाले तो इतने दीवाने होते है कि अगर चोट किसी एक को लगे ना तो तकलीफ़ दूसरे को भी होती है। खैर उस सैनिक का बात शायद बिल्कुल सत्य था या वास्तविकता कुछ और था क्या पता ? ये आने वाले कहानी के पात्र और घटनाएं ही बता पाएंगे मै नहीं।

"कामयाबी अब हमारे कदम चूमेगी माई। एक और बचा है। एक और। जल्दी बताओ माई कौन है वो? कौन है वो आखिरी परिंदा जिसके किस्मत में मेरा आशिक़ बन कर मरना लिखा है?" अनामिका ने कलाकक्षी माई से उत्सुकता से पूछी अपने अगले शिकार के बारे में।

बिखरे बालों वाली औरत ने उस शख्स का पता लगाने के लिए जो अनामिका का अगला शिकार बनने वाला था, आंखें बंद करके अपने मन ही में कुछ मंत्रों का उच्चारण करने लगी। कुछ सिद्‌ध मंत्रों के मदद से शायद वो उस शख्स को बंद आंखों से ही देख सकती थी और उसके बारे में और भी जानकारियां मालूम कर सकती थी। उसने शायद उस नौजवान की छवि देखी ऐसा उसके चेहरे से प्रतीत हुआ। अनामिका अपने स्थान पर खड़ी निरंतर उस औरत को ही निहारे जा रही थी।

जैसे - जैसे वो अपने सिद्ध मंत्रों की सहायता से उस शख्स के बारे में, उसके अतीत के बारे में जानकारियां मालूम करने लगी वैसे - वैसे उसकी चेहरे का भाव बदलने लगा। जीत की खुशी को अभी तो उसने मनाया भी तो नहीं था उस शख्स का अतीत देख कर स्वतः ही फिका पड़ गया।

"क्या हुआ माई? सब ठीक तो है ना?" कलाकक्षी माई के चेहरे के बदलते भाव के देखकर अनामिका ने प्रश्न किया।

प्रश्न सुनने के उपरांत माई ने आंखें खोली और क्षण भर के लिए सोचती रही कि अनामिका के प्रश्नों का उत्तर वो किन शब्दों में दे। कुछ अजीब सा देख लिया था उसने। कुछ ऐसा जिसका संबंध दैत्यराज के पराजय से था। इतिहास का वो धुंधला पन्ना जिसके शब्द भी धुंधले हो गए थे वर्तमान उन्हें फिर से लिखना चाहता था।

"इतिहास खेल खेलना चाहता है हमारे साथ। हम दैत्यों की जीत का ये किस्सा जिसका आखिरी अध्याय आरंभ होने वाला है, मुझे भय है कि कहीं ये अधूरा न रह जाए।" माई ने उत्तर दिया।

"माई तुम्हे मुझपे यकीन नहीं है?" माई के शब्दों को सुनकर अनामिका को महसूस हुआ कि कलाकक्षी माई को उसकी काबलियत पर संदेह हो रहा है।

"मुझे तो पूर्ण विश्वास है तुम्हारे काबलियत पर और यकीन है कि इस बार हम जरूर कामयाब होंगे। लेकिन..."

"लेकिन क्या माई?" माई के बात को काटते हुए अनामिका ने प्रश्न किया।

"लेकिन समस्या है मोहब्बत। वही मोहब्बत जिसके वजह से पिछली बार हमें पराजय का मुख देखना पड़ा था। वही मोहब्बत जिसने मेरे पुत्र कालंबकासुर को मृत्य..." बोलते हुए को चुप हो गई। क्योंकि भले ही क्यों ना वो दैत्य हो लेकिन एक मां अपने पुत्र का बुरा कभी नहीं चाहती। बिखरे बालों वाली डरावनी दिखने वाली वो औरत दैत्यराज की मां थी। एक ऐसी मां जिसके सामने उसका पुत्र कई वर्षों से मृत पड़ा था।

"अचेत कहो माई। मृत नहीं। दैत्यराज एक गहरी नींद में सो रहे है और जिस दिन ये जागेंगे वो दिन इन मनुष्यों के लिए अंतिम दिन होगा पृथ्वी पर। और वचन है मुझे माई। चाहे कीमत कोई भी हो जीत

मेरी ही होगी।" अनामिका के शब्द दैत्यराज के प्रति उसके स्नेह का वर्णन और माई को आश्वाशन देने के लिए था।

"उसकी छवि इतनी आकर्षक है कि उसके मुखमंडल का दीदार करने वाला हर कोई मोहित हो जाता है भले ही या तो स्त्री हो या पुरुष। असीम शक्तियों का अधिपति लेकिन खुद से ही अनजान वो नौजवान हर वक़्त बस संगीत के धुन में खोया रहता है और अपने कुछ मित्रों के साथ पहाड़ी चोटियों पर गैयों को चरता है। अनामिका यह उतना आसान नहीं होगा।" माई ने उस अगले शिकार के बारे में अनामिका को बताते हुए आगाह भी किया।

"दुनिया में ऐसा कोई नहीं जो हुस्न के आगे न हारा हो।" अनामिका ने तर्क दिया।

"बात हुस्न के आगे उसके झुकने की नहीं है बल्कि भय इस बात का है कि कहीं तुम उससे मोहब्बत न कर बैठो।" माई ने अपनी दूबिधा को स्पष्ट करते हुए कहा।

"मै और मोहब्बत माई?" वो हंसते हुए बोली। Add here.

भव्य मंदिर के समीप के विशाल तालाब में एक इक्कीस वर्ष का नौजवान गोता लगाए हुए था, अगले कुछ क्षणों के बाद बाहर आया। सूर्य नमस्कार के लिए उसके दोनों हाथ जुड़े हुए थे और उसका मुखमंडल सूर्योदय की दिशा में था। यह वही नौजवान था जिसके

व्यक्तित्व का वर्णन कलाकक्षी माई अनामिका से कर रही थी। जिन शब्दों में वो उसका वर्णन कर रही थी उसका व्यक्तित्व उससे कहीं ज्यादा ही आकर्षक था। तालाब में कुछ देर तक डुबकी लगाने के पश्चात वो सूर्य स्तुति गाते हुए सूर्य नमस्कार कर रहा था।

"विकर्तनो विवस्वांश्च मार्तण्डो भास्करो रविः।

लोक प्रकाशकः श्री माँल्लोक चक्षुर्मुहेश्वरः॥

लोकसाक्षी त्रिलोकेशः कर्ता हर्ता तमिस्रहा।

तपनस्तापनश्चैव शुचिः सप्ताश्ववाहनः॥

गभस्तिहस्तो ब्रह्मा च सर्वदेवनमस्कृतः।

एकविंशतिरित्येष स्तव इष्टः सदा रवेः॥ "

स्तुति के कठिन श्लोकों को उसने संगीत में ऐसा पिरो दिया था कि हर एक श्रोता सुन कर मुग्ध हो जाता फिर चाहे वो कोई जानवर हो या ऊंची शाखा पर बैठी पंछी या फिर कोई इंसान। इतनी मधुर स्वर जैसे स्वयं सरवस्ती ने उसे गायन और वादन का हुनर सिखाया हो।

सूर्य स्तुति के पश्चात वह तालाब से बाहर निकला। लम्बी कद की ऊंचाई वाला उसका मांसल शरीर और सूर्य के तेज सा चमकता

उसका चेहरा किसी भी स्त्री को अपने प्रेम के पाश में कैद कर सकता था । अभी वो तालाब से बाहर आकर खड़ा ही हुआ था कि उसने सुना कि उसे कोई पुकार रहा है।

"कन्हैया.., कन्हैया..." पुकारते हुए दो और नौजवान इसी ओर आ रहे थे। वो दोनो कन्हैया के पड़ोस के ही रहने वाले थे और बचपन के सखा भी। एक का नाम था प्रेम और दूसरे का प्यारे। हालांकि ये नाम इन दोनों का वास्तविक नाम नहीं था लेकिन गांव वाले और कन्हैया इन्हे इसी नाम से पुकारते थे। और इनका वास्तविक नाम बहुत ही कम लोगों को ज्ञात था। कन्हैया आश्चर्य में था कि ऐसी क्या स्थिति आन पड़ी है कि ये दोनों भागते हुए आ रहे है? वहीं खड़ा वो उन दोनों आने का इंतजार करता रहा।

दोनो भागते हुए कन्हैया के पास आएं और कुछ कदमों की दूरी पर खड़े हो गए। क्षमता से तीव्र गति से दौड़ने के कारण वे हांफ रहे थे।

"ऐसा क्या हो गया कि तुम दोनों भागते हुए यहां आए?" कन्हैया ने उन दोनों से वजह पूछा कि आखिर वे इस तरह से भागते हुए क्यों आये।
"कुछ नहीं। बस हम दोनों में शर्त लगी थी कि पहले कौन पहुंचता है।" प्रेम ने गहरी सांस लेने के उपरांत उत्तर दिया।

"शर्त लगी थी। तो कौन जीता शर्त?" कन्हैया ने एक वस्त्र को अपने गीले बदन को पोंछने के लिए उठाते हुए उन दोनों से पूछा।

"मै जीता।" दोनो ने एक साथ उत्तर दिया। दरअसल दोनो में से किसी ने भी शर्त नहीं जीता था क्योंकि दोनों एक ही वक़्त में एक साथ कन्हैया के पास पहुंचे थे। लेकिन खुद की क्षमता को श्रेष्ठ साबित करने के लिए दोनों ही एक दूसरे को विजेता बता रहे थे। कन्हैया समझ गया कि यह मामला आगे चलकर विवाद बन सकता है इसीलिए उसने दोनों का ध्यान विचलित करने का प्रयास किया।

"चलो ठीक है। छोड़ो और ये बताओ कि तुम दोनों यहां क्यों आये हो?" कन्हैया ने दोनो से यहां आने का वजह पूछा।

"अरे हां। तुम्हारा सूर्य नमस्कार हो गया हो तो चलो। मां बुला रही है तुम्हें।" प्यारे ने उत्तर दिया।

" हां हो गया। चलो।" कन्हैया ने उत्तर दिया और घर की ओर जाने के लिए प्रस्थान किया। उसके दोनों मित्र प्रेम और प्यारे भी।

जगत के अंधियारे को दूर करने वाली रौशनी और सूर्य का सुबह से प्रेम। प्रकृति का सौंदर्य सूर्य की पहली किरण के साथ ही निखर जाता है। चिड़ियों का गाना, गुनगुनाना और चहचहाना, कोमल कलियों का पुष्प बन कर खिलना और उस पुष्प की खुशबू से मुग्ध हो तितलियों का आकर्षित हो जाना, संसार में ऐसे किसी भी घटना का घटित होना

प्रेम शब्द को परिभाषित करना होता है। प्रेम शब्द का अर्थ केवल यह नहीं है एक स्त्री और पुरुष का संबंध है बल्कि प्रेम का अर्थ तो किसी भी शब्द में बिल्कुल स्पष्ट कर पाना सम्भव ही नहीं है। निस्वार्थ होता है ये प्रेम और ये प्रेम केवल इंसानों से ही संबंधित नहीं है। निस्वार्थ होकर निरंतर धड़कनों का धड़कना और जिस दिन वायु और श्वसन का प्रेम संबंध समाप्त हो जाता है मौत गले लगा लेती है उस जीव को चाहे फिर वो कोई इंसान हो या जानवर।

खूबसूरत पहाड़ियों के मध्य बसे एक छोटे से गांव की ओर वो तीन आपस में बातें करते जा रहे थे। गांव ज्यादा बड़ा नहीं था लेकिन बहुत ही खूबसूरत था। सीमित संख्या में बने घरों में रहने वाले लोगों की आबादी भी निश्चित थी और ग्रामीण लघु उद्योग कर अपना और अपने परिवार का भरण - पोषण करते थे।

उस स्थान से जहां कन्हैया सूर्य नमस्कार कर रहा था यह गांव बस कुछ ही मीटर दूर था और इस स्थान से गांव की स्पष्ट छवि देखी जा सकती थी। क्योंकि यह मंदिर ऊंचाई पर स्थित था गांव जाने के लिए उन्हें सीढ़ियों से उतर कर कुछ दूर पैदल चलना होता था। लेकिन अभी वे लोग सीढ़ियों से नीचे उतरे ही थे कि उन्हें मसुस हुआ कि गांव में कुछ गड़बड़ है। वो कुआं जिसपर हमेशा एक या दो लोग पानी भरने के लिए उपस्थित होते थे इस वक़्त यहां कोई नहीं था। नजदीक जाकर देखने पर उन्हें कुछ टूटी मटकियां दिखी और जिससे उन्होंने अनुमान लगाया कि पानी भरने वाले लोग किसी के भय के

कारण मटकी छोड़ कर भागे और ऊंचाई से गिरने की वजह से मटकी टूट गई।

"ऐसा तो पहले कभी नहीं हुआ है कि दिन के वक़्त इस कुएं पर पानी भरने के लिए कोई ना हो। और ये टूटी मटकियां? आखिर यहां हुआ क्या है?" कन्हैया ने खुद से ही प्रश्न किया। क्योंकि सुबह का समय था और दैनिक कार्यों के लिए पानी ले जाने के लिए लोगों की भीड़ इस वक़्त ज्यादा होता था। और ऐसी स्थिति वास्तव में किसी संकट का संकेत था।

"नहीं मालूम कन्हैया। अभी कुछ देर पहले तक तो बिल्कुल ठीक था सबकुछ।" प्रेम ने उत्तर दिया। जब वो दोनों कन्हैया को बुलाने मंदिर की ओर जा रहे थे उस वक़्त तो सबकुछ ठीक था। लेकिन अभी इतनी जल्दी क्या हो गया? इस संशय ने उनके मस्तिष्क में घर कर लिया।

"चलो गांव के भीतर चल के देखते है।" प्यारे ने सलाह दिया।कन्हैया और प्रेम दोनों ने उसके सलाह पर सहमति दिखाई और अन्दर गांव में गए।

गांव की सारी गलियां ऐसी सूनी थी जैसे कि इस गांव के सारे लोग गांव छोड़ कर कहीं चले गए हो। सारे घर के दरवाजे और खिड़कियां अन्दर से बंद था और लोगों ने खुद को अपने - अपने घरों में ही कैद कर लिया था। एक गली से दूसरे गली में तीनो समस्या

मालूम करने के लिए घूम रहे थे कि एक वयस्क ने अपने घर की खिड़की खोल कन्हैया को पुकारा।

"कन्हैया... वहां क्या कर रहे हो?" वयस्क आदमी ने कन्हैया से पूछा।

"क्या हुआ सब अपने घरों में इस तरह क्यों छिप रहे हो...?" कन्हैया ने वयस्क से पूछा।

"पहले तुम सब अन्दर आओ। फिर मैं सब कुछ तुम्हे बताता हूं।" वयस्क ने घर का दरवाजा खोला और तीनों को अन्दर बुलाया। "आओ। जल्दी से अन्दर आओ। नहीं तो वो तुम सब को मार डलेगा।"

तीनो समझ नहीं पा रहे थे कि अचानक ऐसा क्या हो गया कि लोग इतने भयभीत हो गए हैं। दरवाजा खुलने के तुरंत बाद ही तीनो भागते हुए अन्दर गए और उनके प्रवेश करते ही वयस्क ने तुरंत दरवाजा बंद कर लिया।

"अब तो बताओ चाचा। क्या हो गया है? और कौन हम सब को मार डलेगा?" बिना वक़्त गवाए कन्हैया ने वयस्क से पूछा।

"एक आदमखोर जंगली शेर गांव में घुस आया है और शिकार के तलाश में गलियों में घूम रहा है।" वयस्क ने उत्तर दिया।

"एक आदमखोर शेर..!" कन्हैया ने आश्चर्य से कहा।

"हां कन्हैया। आदमखोर शेर। तुम तीनों भी बाहर मत जाना वर्ना उस शेर के शिकार हो जाओगे।" वयस्क ने उन्हें घर के बाहर नहीं जाने का सलाह दिया। इससे पहले की कन्हैया वयस्क से कुछ और कहता किसी औरत के चीखने की ध्वनि ने अवरोध किया।

"बचाओ.!. बचाओ..! कोई मेरी बच्ची को बचाओ।" एक औरत शायद अपनी बच्ची को बचाने के लिए मदद मांगने के लिए चीख रही थी। उसकी चीख सुनकर कन्हैया आवाज की दिशा में भागा। वयस्क और उसके दोनों मित्रों ने उसे रोकने की कोशिश तो की लेकिन उसे रोक नहीं पाए लेकिन उन्हें उसकी फ़िक्र थी और कन्हैया के मां ने उन दोनों को कन्हैया का ध्यान रखने को कहा था इसीलिए वे लोग भी उसके पीछे भागे।

एक छोटी सी बच्ची शेर से बस कुछ ही कदमों की दूरी पर गली में भयभीत खड़ी थी और शेर की भूखी नज़रे उस बच्ची को ही देखे जा रही थी और गणना कर रही थी कि उसे किस रफ्तार से आक्रमण करना चाहिए कि एक ही झटके में बच्ची मर जाय। घर के बाहर दरवाजे पर खड़ी उस बच्ची की मां ज़ोर - ज़ोर से चीख रही और गांव के लोगों से अपनी बच्ची को बचाने के लिए मदद की गुहार लगा रही थी लेकिन आदमखोर शेर के भय के कारण कोई भी ग्रामीण अपने घर से बाहर निकलने की हिम्मत नहीं जुटा पा रहा था।

शेर ने बच्ची को अपना शिकार बनाने के लिए बच्ची की ओर झलांग लगाया। उस औरत को जब कोई रास्ता नहीं सूझा तो वो स्वयं

ही शेर की ओर अपनी पुत्री को बचाने के लिए दौड़ पड़ी और उस शेर को जोर से धकेल दी जिसका पंजा उसकी पुत्री के गर्दन को फोड़ने ही वाला था। अपनी पुत्री को बचाने की जूनून ने औरत के बाजुओं में इतनी शक्ति भर दिया था कि उसके धक्का देने से शेर सामने की दीवार से जा टकराया जो करीब दस कदम दूर था। दीवार से टक्कर खाने के पश्चात शेर धम्म से जमीन पर गिर गया।

शेर को धक्का देने के पश्चात औरत ने तुरंत अपनी पुत्री को गोद में उठा लिया और सीने से लगा लिया इतनी ही समय अंतराल में शेर पुनः उठ खड़ा हुआ और औरत की दिशा में मुड़ा। अत्यन्त तीव्र भूख की तड़प और उस औरत के व्यवहार के कारण उसका क्रोध और भी तीव्र हो गया और अपने क्रोध को जाहिर करने के लिए शेर जोर से दहाड़ा। शेर की तीव्र दहाड़ सुनकर कर भयभीत औरत और भी डर गई और स्वतः उसका बदन कापने लगा। अपनी पुत्री और खुद के प्राण बचाने के लिए वो भागकर अपने घर के भीतर जाना चाही लेकिन धरफड़ाकर गिर पड़ी।

अब उसके पास अपनी बच्ची को बचाने का कोई भी मार्ग शेष नहीं बचा था और शेर भी समझ गया था कि उस बच्ची और उसके भूख के मध्य अब कोई नहीं आएगा।

"देखो... ये मेरी बेटी है इसे कुछ मत करो...! अगर तुम्हें बहुत भूख लगी है... तो फिर तुम मुझे खाकर अपनी भूख मिटा लो...! देखो... ये अभी छोटी सी बच्ची है और इसे खाने के बाबजूद भी शायद

तुम्हारा पेट न भरे और तुम भूखे रह जाओ लेकिन इसे छोड़ कर अगर तुम मुझे खाओगे तो तुम्हारा पेट पक्का भर जाएगा...!" औरत ने शेर से आग्रह किया कि अपनी भूख मिटाने के लिए वो उसकी पुत्री के बजाय उसे खा ले और उसकी पुत्री को छोड़ दे। लेकिन भूख और क्रोध किसी के भी हृदय में दया का भाव उत्पन्न होने नहीं देता फिर भले ही क्यों न वो कोई जंगली जानवर हो या इंसान।

तीव्र दहाड़ लगाते हुए शेर औरत की ओर झालांग लगाया लेकिन इसी दौरान कन्हैया यहां पहुंच गया और उन दोनों को बचाने के लिए बिना अपनी जान की परवाह किए शेर के आगे कूद पड़ा। शेर के दोनों पैरों को पकड़ कर उस ओर धकेल दिया और खुद उन दोनों के मध्य खड़ा हो गया। अगले ही क्षण शेर पुनः कन्हैया की ओर लपका और उसपर झपटा। कन्हैया धम्म से नीचे गिर पड़ा और शेर के पंजों से खुद की गर्दन को बचाने का प्रयत्न करने लगा। गुस्से से आग बबूला शेर कन्हैया का गर्दन फोड़ देना चाहता था और उस बच्ची को खा कर अपना भूख मिटाना चाहता था। कन्हैया को शेर से लड़ते देख गांव वाले लोग अपने - अपने घरों से बाहर निकले और अब तक प्रेम और प्यारे भी उस वयस्क के साथ यहां पहुंच चुके थे लेकिन कन्हैया को शेर से बचाने की हिम्मत किसी ने भी की। कैसे भी करके कन्हैया शेर को दूर फेंकने में कामयाब हो गया लेकिन शेर भी हार मानने वाला नहीं था।

शेर के आक्रमण करने से पहले ही कन्हैया शेर की ओर दौड़ा लेकिन शायद यह उसकी बदकिस्मती थी कि ईंट से उसके पैर टकराया और वो धम्म से गिर पड़ा। मौका का फायदा उठा कर शेर बिना बिलंब किए कन्हैया पर आक्रमण करने दौड़ा। कन्हैया उठने की कोशिश तो कर रहा था लेकिन गहरी चोट लगने के कारण इस वक़्त उठ कर खड़ा हो पाना उसके लिए संभव नहीं था। आक्रमक शेर को अपनी ओर आते देख उसने अब ये सोच लिया कि अब तो उसका मरना तैय है और काल की तरह अपनी ओर आ रहे आक्रमक शेर पर ही उसकी नजरें टिकी हुई थी।

आग बबूला आक्रमक शेर कुछ दूर दौड़ने के बाद कन्हैया पर आक्रमण करने के लिए छलांग लगाया लेकिन अचानक से ही कुछ ऐसा हो गया कि वो शांत हो गया। वो आक्रमक शेर जो खून का प्यासा था तुरंत ही कन्हैया के आगे ऐसे शांत हो कर बैठ गया जैसे कि वो कोई पालतू हो और इंसानों की भाषा को भलीभांति समझता हो। एक औरत मुस्कुराते हुए कन्हैया के पीछे आईं और खड़ी हो गई। शेर लगातार उस औरत की चमकीली आंखों को देख रहा था और ऐसा प्रतीत हो रहा था कि वो इसी औरत की इन्हीं चमकीली आंखों को देखकर मुग्ध हो गया और शांत हो गया।

"मां..!" कन्हैया के होंठ उस औरत को देखकर स्वतः ही बोल पड़े। वो चमकीले आंखों वाली औरत जिसे देखकर आक्रमक शेर भी शांत हो

गया वो कन्हैया की मां थी। कन्हैया को खड़ा करने के पश्चात वो शेर के पास जाकर बैठी और उसके गर्दन पर हाथ फेरते हुए बोली।

"क्यों डर रहे हो आपसब इससे? देखो ना इसे कितना प्यारा है, भला ये किसी को कोई क्षति पहुंचा सकता है?"

कुछ जादू सा हुआ था या जादू उसकी उन चमकीली आंखों और मुस्कान में थी क्या पता? लेकिन यह देखकर किसी को भी अपने आंखों पर यकीन नहीं हो रहा था। उन्हें लग रहा था कि जैसे कोई सर्कस देख रहे है और ये शेर पालतू और सिखाया हुआ है। अन्यथा इतना आक्रमक शेर जो खून का प्यासा था अचानक से कैसे शांत हो सकता है? और इस बात पर तो कन्हैया को भी यकीन नहीं हो रहा था।

"ये कैसे किया मां आपने ? ये तो क्रोधित और हिंसक था लेकिन अचानक से शांत हो गया जैसे की पालतू हो?" कन्हैया ने मां से पूछा।

"कन्हैया, ये जो क्रोध है ना क्रोध को बढ़ाता है आक्रमक को और भी हिंसक बनाता है लेकिन मोहब्बत की भाषा ऐसी है जो हर किसी को अपने वश में कर सकता है फिर चाहे वो कोई हिंसक शेर ही क्यों न हो। और ये मासूम तो बस रास्ता भटक गया था, भूखा था और जब गांव वालों ने इसको देखा तो इससे भयभीत होकर भगदड़ करने लगे। इन लोगों की भगदड़ ने इसके हृदय में भय उत्पन्न कर दिया

और तेज भूख ने क्रोध और यही वजह था कि यह आक्रमक हो गया।" कन्हैया की मां ने उत्तर दिया।

"मां आपकी शब्द तो समझ में आते लेकिन बातें नहीं।" कन्हैया ने कहा जिसका तात्पर्य था कि उन शब्दों का अर्थ तो वो भलीभांति समझता है जो वो कहती है लेकिन वो उस भाव को समझ नहीं पाता है जो वो उसे समझना चाहती है।

"भले ही पुत्र तुम्हारी गुरुकुल की शिक्षा समाप्त होने को लेकिन सीखना अभी बहुत कुछ है तुम्हे।" मां ने उत्तर दिया। कन्हैया के पास उत्तर में कहने के लिए शब्द नहीं था इसीलिए वो चुप रहा।

"अच्छा चलो अब इसे जंगल में छोड़ आओ।" मां ने कन्हैया से उस शेर को वापस जंगल छोड़ आने के लिए कही और शेर के गर्दन पर हाथ फेरते हुए बोली।"अब तुम बिल्कुल सुरक्षित तो।"

मां के कहने के पश्चात कन्हैया अपने दोनों मित्रों के साथ उस शेर को जंगल छोड़ने गया हालाकि कन्हैया ने कुछ गांव वालों को भी साथ चलने को कहा था लेकिन किसी की हिम्मत नहीं हुई।

गांव के आखिरी छोर पर कन्हैया का घर था। उस शेर को जंगल में छोड़ने के पश्चात वो घर पहुंचा। गांव के सारे घरों की तुलना में कन्हैया का घर सबसे बड़ा और सुंदर दिखने वाला था। मुख्य द्वार से कुछ दूरी पर उस नीम के वृक्ष के पास एक और कुआं था जिससे मात्र

आसपास के कुछ घरों के ही लोग पानी ले जाया करते थे और बाकी के लोग उस कुएं से जो मंदिर की ओर था ।

जब कन्हैया घर पहुंचा मां मंदिर में भगवान श्रीकृष्ण की पूजा कर रही थी। घर के उस कमरे में जहां भगवान श्रीकृष्ण की मूर्ति थी और जहां मां पूजा कर रही थी, में कन्हैया उन दोनों के साथ अन्दर गया।

"मां..." कन्हैया ने मां को उस कक्ष में प्रवेश करने के दौरान पुकारा।

उसकी मां चार फुट ऊंचे श्रीकृष्ण की मूर्ति को मोर पंख से सजा रही मुस्कुराते हुए पीछे मुड़ी।

"छोड़ आया उस शेर को हमने जंगल में।" कन्हैया ने कहा।

"चलो अच्छी बात है।" मां ने कहा।

फूलों से सजे एक थाल को मां ने उठाया जिसके मध्य में एक दीपक रखा हुआ था। कन्हैया ने उस दीपक को प्रज्वलित किया और पूजन आरंभ कर दिया। प्रेम और प्यारे भी हाथ जोड़कर भगवान श्रीकृष्ण के ध्यान में मग्न थे और कन्हैया ने भजन गाना आरंभ किया।

कान्हा की मुरलिया मेरी, कान्हा से सिफारिश कर दे...!

करूं ये विनती तुझसे, बस एक बारी कर दे...!

कान्हा की मुरलिया मेरी...

नैनों में आस है, दिल में उल्लास है...

तुझपे ओ कान्हा मेरी अर्पण ये सांस है...

दीनदयाल तू, बड़ा कृपालु है...

महिमा है तेरी ऐसी खाली सब की झोली भर दे..

कान्हा की मुरलिया मेरी....

हूं अंधकार में दीपक की खोज है...

ढूंढे ओ कान्हा तुझको नैना ये रोज है...

दीन दयाल तू बड़ा कृपालु है

महिमा है तेरी ऐसी टूटे को जोर दे...

कान्हा की मुरलिया मेरी, कान्हा से सिफारिश कर दे...!

भजन के समाप्ति के साथ ही पूजन समाप्त हुआ और कन्हैया ने आशीर्वाद लेने के लिए मां के पैर छुए। प्रेम और प्यारे भी भला

पीछे कैसे रहते और एक - एक करके उन्होंने भी मां का पैर छु कर आशीर्वाद लिया।

"बधाई हो पुत्र। जन्म दिन की हार्दिक बधाई हो। भगवान करे कि मेरी भी उम्र तुम्हे लग जाए।" कन्हैया का सर चूमते हुए मां ने उसे आशीर्वाद दिया और जन्मदिन कि बधाई भी दी।

"मां..!" कहते हुए कन्हैया ने मां को गले से लगा लिया। यह देखकर वो दोनो भी अपना स्नेह जाहिर करने के लिए मां से लिपट गए। दरसअल जब वो दोनों बालक थे एक दुर्भाग्यपूर्ण दुर्घटना ने उनसे मां- बाप का साया छीन लिया था और तब से कन्हैया के मां ने ही उन्हें संभाला था इसीलिए वो दोनों भी इन्हे मां कहकर ही पुकारते थे और ज्यादा से ज्यादा वक़्त इन्हीं के साथ व्यतीत करते थे।

"अब तो मै इक्कीस वर्ष का हो गया हूं ना मां?" कन्हैया ने मां से कहा।

मां समझ गई कि कन्हैया उससे क्या पूछना चाह रहा था। वही बात जो वो बचपन से जानने को उत्सुक था लेकिन अब तक वो उसे यह कहकर टालती आईं थी कि जब वो इक्कीस वर्ष का हो जाएगा तब वो उसे बताएगी। दरअसल वो अपने पिता के बारे में जानना चाहता था और यह भी जानना चाहता था कि उनकी मौत कैसे हुई। मां पीछे श्रीकृष्ण की मूर्ति की ओर मुड़कर दो कदम आगे बढ़ने के

पश्चात कन्हैया से बोली कि अभी सच्चाई जानने का वक़्त नहीं आया है जब सही समय आएगा तो वो उसे बता देगी।

दरअसल वो उसे सच्चाई कभी भी बताना नहीं चाहती थी कि क्योंकि वो उन हादसों को दोहराना नहीं चाहती थी जिसने उससे उसका पति छीन लिया। सच्चाई जानने के पश्चात कहीं कन्हैया उसे त्याग न दे इस बात का भय भी तो था।

"आखिर वो सही वक़्त कब आएगा?" कन्हैया ने चिढ़ भरी शब्दों में उससे पूछा लेकिन मां का मुखमंडल देखते ही उसका सारा क्रोध शांत हो गया।

वो थी ही ऐसी कि उसे देखकर लोग अपना सबकुछ भूल जाते चाहे वो दर्द हो या क्रोध। खूबसूरत मुखमंडल पर हल्की सी मुस्कुराहट और उसकी चमकीली आंखें ऐसी थी कि जो लोगों को क्रोध त्यागने पर विवश कर देता था। ऐसे में कन्हैया का क्रोध कितने समय तक रहता।

"छोड़ो। मां जल्दी चलो। मुझे बहुत जोरों की भूख लगी है।" इससे पहले कि मां कुछ कहती प्रेम बोल पड़ा।

"हां। हां। जल्दी से खाना दे दो मां, मुझे भी बहुत भूख लगी है।" प्यारे ने भी सहमति दिखाई।

"हां चलो।" कहते हुए मां पूजाघर से बाहर चली गई। प्रेम और प्यारे कन्हैया को लेकर मां के पीछे गए और बरामदे में बैठ गए। मां ने उन्हें गरमा गरम भोजन परोसा और उन्होंने खाना आरंभ किया।

भोजन करने के पश्चात तीनों गुरुकुल को निकल पड़े। आज कन्हैया इक्कीस वर्ष का हो गया था और मां के हृदय में यह संशय बार - बार ज्वालामुखी की तरह उमड़ रहा था कि वो सारी शक्तियां जो उसके पिता आदित्य में था कहीं इसमें न आ जाए। क्योंकि वो नहीं चाहती थी कि वो खुद को पहचाने और शायद इसलिए वो उसे उसके पिता के बारे में नहीं बताती थी। लेकिन वो यह भी जानती थी कि वो सारी शक्तियां कन्हैया में भी अनिवार्य रूप से होगा और बीतते वक़्त के साथ वो उन शक्तियों के साथ अवगत भी ही जाएगा। लेकिन ईश्वर से प्रार्थना करके यह विनती करना चाहती थी कि उसका पुत्र उन शक्तियों से हमेशा अनजान रहे। लेकिन वक़्त को कुछ और ही मंजूर था।

गुरुकुल का शिक्षा वैसे तो समाप्त होने को था लेकिन कन्हैया को अभी कुछ दिन और जाना था क्योंकि गुरुदेव उसे इन दिनों जो ज्ञान दे रहे थे वो अनिवार्य था एक सुव्यवस्थित और संपन्न जीवन व्यतीत करने के लिए। कठिन चुनौती वाले समय में सही निर्णय लेना और विपत्ति से भयभीत होकर भागने के बजाय संघर्ष करना और जितना।

हर गुरुकुल की तरह कन्हैया का गुरुकुल भी ग्रामीण क्षेत्र से दूर एकांत स्थान पर था और यहां शिक्षा ग्रहण करने वाले छात्रों के लिए

गुरुकुल में रहना अनिवार्य था क्योंकि शिक्षा ग्रहण करने के लिए विद्यार्थी को ब्रह्मचर्य के साथ - साथ और भी कई नियमों का पालन करना होता जो सिर्फ गुरकुल में ही रहकर सही से निभाया है सकता था। लेकिन कन्हैया अपने मां के स्नेह के कारण इस बंधन से आजाद था और नित्य दिन शिक्षा ग्रहण करने अपने दोनों मित्रों के साथ गुरुकुल जाया करता और वापस घर चला आता।

दरसअल कुछ ऐसा था जिसके वजह से मां कन्हैया को कभी अपने आंखों से दूर नहीं जाने देती थी शायद किसी बात का भय लेकिन किस बात का पता नहीं। नित्य दिन सूर्य नमस्कार के बाद वो श्रीकृष्ण की पूजा करता और फिर भोजन करके गुरुकुल चला जाता। प्रतिदिन की तरह आज भी तीनों गुरुकुल ही जा रहे थे बातों ही बातों में प्रेम ने उस शर्त के चर्चा आरंभ कर दिया जो आज सुबह उसने प्यारे के साथ लगाया था।

"वो तो मेरा ध्यान विचलित हो गया था अन्यथा तुम्हे हराना कोई मुश्किल काम नहीं।"प्रेम ने प्यारे से कहा। "तुम ना जागती आंखों से स्वप्न थोड़ा कम देखा करो। और शर्त तो मै ही जीता था है ना कन्हैया?" प्यारे ने कन्हैया की ओर देखते हुए अपनी बात का समर्थन करने को कहा। लेकिन कन्हैया किसकी तरफ से उत्तर देता?

"अरे ये क्या जब देखो आपस में लड़ने लगते हो? तुम दोनों ही क्षमता में बराबर हो।" कन्हैया ने दोनों को समझना चाहा लेकिन उसका प्रयास व्यर्थ साबित हुआ।

"नहीं मै बेहतर हूं। मेरी तुलना तुम इससे करोगे कन्हैया?" प्रेम ने प्यारे की तुलना में खुद को श्रेष्ठ बताया।

"सिर्फ और सिर्फ बातें बनाने में। कन्हैया तुम्हीं बताओ कि हम में से कौन बेहतर है?" प्यारे ने कन्हैया से पूछा। कन्हैया कहता तो भी क्या कहता और किसे कहता? दोनों ही उसके मित्र और पूरा दिन तीनो साथ में रहते थे। इसी वजह से वो उन दोनों को बहुत ही अच्छी तरह से जानता था लेकिन तुलना नहीं करना चाहता था। जिस बात पर ये दोनों फ़ालतू में लड़ रहे थे कन्हैया सोच रहा था कि कैसे इनकी लड़ाई को समाप्त करे।

"क्या सोच रहे हो कन्हैया? हम दोनों में से कौन बेहतर है?" प्यारे ने कन्हैया से पूछा।

"अरे मै। और मै तो कन्हैया को दौड़ में हरा सकता हूं। यकीन नहीं तो शर्त लगाके देख लो।" प्रेम ने खुद को श्रेष्ठ साबित करने के लिए एक और शर्त का प्रस्ताव रखा।

"चलो ठीक है तो। हम तीनो में जो पहले झरने के पास पहुंचेगा विजेता होगा।" प्यारे ने भी शर्त का प्रस्ताव रखा। शर्त सबको स्वीकार

था और कन्हैया को न चाहते हुए भी इस शर्त का हिस्सेदार बनना पड़ा।

तीनो के मध्य दौड़ की प्रतियोगिता आरंभ हुआ और शर्त जितने के लिए वे एक साथ पूरे रफ्तार से भागे। वो झरना को इस प्रतियगिता का मुख्य स्थान था जहां पहले पहुंचने वाला विजेता होगा गुरुकुल से बहुत पीछे दूसरी दिशा में था और उसके आगे घने जंगल के अलावा कुछ और नहीं था। इस झरने से गुरुकुल जाने का रास्ता लगभग बीत मिनट का था जो ज्यादा दूर नहीं था। लेकिन इस शर्त को जितने के लिए उस झरने के पास सबसे पहले पहुंचना बहुत जरूरी था। जब कन्हैया ने दौड़ना आरंभ किया तो खुद के भीतर कुछ अलग ही तरह की ऊर्जा महसूस कर रहा था। उसे लग रहा था कि वो और भी तीव्र गति से दौड़ सकता है। इन झाड़ीदार रास्तों पर ठीक से चलना भी नहीं था कन्हैया तीव्र गति से दौड़ते हुए पार गया और वो दोनों उसे ही देखते रह गया।

पथरीले रास्तें उसके रफ्तार को मंद करने में असमर्थ थे और खुद से ज्यादा ऊंचाई वाले चट्टानों पर छलांग लगाकर ऐसे ही चढ़कर पार कर जाता। कई ऊंची - नीची चट्टानों को पार करने के पश्चात अंततः कन्हैया सबसे पहले पहुंच गया और शर्त जीत गया। हालांकि शेर से लड़ने के दौरान उसका एक पैर जख्मी हो गया था फिर भी। अचानक से अपने आप में अनोखा परिवर्तन महसूस करने की वजह से वो खुद पर ही हैरान था। उस स्थान से जहां से उसने दौड़ना आरंभ किया था

यहां आने में अक्सर उसे दस मिनट से ज्यादा का समय लगता था लेकिन आज कुछ ही सेकंड में उसने यह दूरी तय कर लिया था। और वो विभिन्न ऊंचाई वाले बड़े छोटे चट्टान तो जैसे कण के समान सूक्ष्म हो गए थे जिसे कोई भी आसानी से लांघ सकता है।

अनुमान से ज्यादा ही क्षमता अपने भीतर मालूम होने के कारण वो अचंभित था लेकिन यह तो मात्र एक नमूना था उसकी शक्तियों का जिससे वो अब तक अज्ञात था। यह सब उसे जैसे कोई स्वप्न सा लग रहा था जिसमें एक साधारण से इंसान के पास बहुत सारी ऐसी शक्तियां प्राप्त हो जाती है जिसकी कल्पना उसने पहले कभी नहीं किया था। आश्चर्यकित होकर वो एक चट्टान के पास बैठ गया। और शायद यही वजह था कि उस झरने की खूबसूरती आज उसका ध्यान आकर्षित करने में निष्फल और नाकाम हो रही थी। ऊंचाई से गिरते जलधाराओं का शोर और बेहद ठंडी बहती हवाएं। वसंत का मौसम और चमकती मीठी धूप और दिन का दूसरा प्रहर।

ऊंचाई से गिरते जलधारा को कुछ क्षणों तक लगातार देखने के पश्चात वो उठा और शीतल जल से अपना मुंह धोया। इतने देर में वो दोनों भी आ गए। क्षमता से तीव्र गति से दौड़ने के प्रयास के कारण वो दोनों ही हांफ़ रहे थे लेकिन पहले की तुलना में अभी वे कुछ सेकेंड पहले ही पहुंच गए थे। एक शिला पर बैठते हुए प्यारे ने कन्हैया की ओर देखा और गहरी सांस लेने के पश्चात उसने उससे पूछा कि अचानक से ऐसा कौन सा जादू सीख गया है वो कि इतनी तीव्र गति

दौड़ कर समय से बहुत ही पहले यहां पहुंच गया? कन्हैया का अचंभित शक्ल देखकर प्रेम ने अनुमान लगा लिया कि प्यारे के इस प्रश्न का उत्तर उसके पास भी नहीं है और वो भी इस तथ्य से अनजान है।

"पता नहीं।" कन्हैया भी एक स्थान पर बैठ गया और अपनी दोनों हथेलियों को देखते हुए बोला कि पता नहीं क्यों आज मै अपने आप को बहुत ही शक्तिशाली महसूस कर रहा हूं और जब मैं दौड़ रहा था ना ऐसा लगा कि मै और भी तीव्र गति से दौड़ सकता हूं और इसके अलावा मुझे कुछ और नहीं मालूम।

"हमने देखा था तुम्हे कन्हैया। ऐसा लगा कि जैसे तुम हवा से बातें कर रहे हो। सर्वप्रथम तो तुम पहले की तरह ही दौड़ रहे थे लेकिन अचानक से तुम्हारा रफ्तार इतना तीव्र हो गया कि कब तुम आंखों से ओझल हो गए मालूम ही नहीं चला।" प्रेम ने उसे बताया जो उसने अपनी आंखों से देखा था।

"वो क्या था मुझे नहीं मालूम। शायद मां को मालूम हो?" कन्हैया ने तर्क दिया।

"हां मां को तो अवश्य मालूम होगा। उन्हीं से पूछेंगे।" प्यारे ने कहा और अनुमान लगाने लगा कि अगर वो यहां कुछ देर और रहेगा तो शायद गुरुकुल जाने में देर हो जाएगी।

"मुझे लगता है कि अब हमें गुरुकुल को प्रस्थान करना चाहिए अन्यथा देर हो जाएगी और गुरुदेव से डांट खाना पड़ेगा।" प्यारे अगले कुछ सेकेंड विचार करने के उपरांत बोला।

"तुम ठीक कह रहे हो। चलो।" कन्हैया उठ खड़ा हुआ और गुरुकुल जाने के लिए तैयार हो गया।

"हां। हां। चलो।"

फिर तीनो गुरुकुल की ओर जाने लगे। गुरुकुल जाने का सफर थोड़ा लम्बा था और वहां जाने में लगभग बीस मिनट का समय लगता था। जंगल से होकर जाने वाले उस रास्ते से जो उस झरने से गुरुकुल तक जाता था से होकर तीनो जा रहे थे। कन्हैया सोच में डूबा था कि आखिर क्या रहस्य है कि अचानक वो अपने भीतर कई सारी शक्तियों को महसूस करने लगा है और आम इंसानों की तुलना में वो क्या - क्या कर सकता है? अचानक से अपने आप में इतना ऊर्जा महसूस करना और उन वृक्षों के तनाओं को देखकर उसे ऐसा लग रहा था कि बस एक ही झटके में वो उसे उखाड़ सकता है लेकिन इस भ्रांति को मिथ्या साबित करने के लिए उसने कोई प्रयोगात्मक व्यवहार नहीं किया। इसी तरह वो दोनो भी कन्हैया के इस अनोखे व्यवहार पर ही विचार में व्यस्त थे कि अचानक उन्होंने किसी लड़की के चीखने की तीक्ष्ण ध्वनि सुनी। "बचाओ..!" शब्द की तीव्र चीखने की ध्वनि ने उन्हें विचार के सागर से सहसा ही बाहर खींच लाया और उसके उपरांत फिर

से चीखने की तीक्ष्ण ध्वनि।"बचाओ..! बचाओ..!" और उनके बढ़ते कदम खुद ब खुद रुक गए।

यह एक स्त्री की चीखने की तीक्ष्ण ध्वनि थी जो शायद बेतहाशा भाग रही थी खुद को बचाने के लिए क्योंकि उसकी चीख इतना दर्दनाक था कि जैसे यमराज उसके सामने प्रत्यक्ष खड़ा हो और उसके जिस्म को काटने के लिए उसकी ओर बढ़ रहा हो।

"तुमने सुना? किसी लड़की की चीखने की ध्वनि शायद वो संकट में है।" कन्हैया ने दोनों से कहा।

यह मार्ग जंगल से उस क्षेत्र में पड़ता था जहां ग्रामीण बहुत कम आया करते थे। जंगली जानवरों के भय वजह नहीं था कि ग्रामीण यहां बहुत कम आते थे बल्कि घना जंगल और लोगों को उनके दैनिक कार्यों से फुर्सत नहीं मिलता था और ऐसी कोई आवश्यकता भी नहीं पड़ती थी कि उन्हें यहां आना पड़े। लेकिन इस क्षेत्र में ये लड़की कौन हो सकती है और किस संकट में है ? यह विचार कन्हैया के मस्तिष्क में तुरंत आया।
"हां कन्हैया। शायद कोई उस लड़की को जान से मार डालना चाहता है। शायद कोई जंगली जानवर।" प्रेम ने उत्तर दिया।

"कहीं ये वही जंगली शेर तो नहीं है जो आज सुबह गांव में घुस आया था? लेकिन हमलोगों ने तो उसे उस ओर जंगल के पीछे छोड़ा था? जल्दी चलो अन्यथा वो उस लड़की को मार डलेगा।" कन्हैया ने

कहा और उस दिशा में जाने लगा जिस दिशा से आवाज आया था। तब प्रेम ने उसका हाथ पकड़ लिया।

"कन्हैया नहीं। अगर हम उधर जाएंगे तो गुरुकुल के लिए देर हो जाएगा और फिर गुरुदेव की डांट खानी पड़ेगी। चलो गुरुकुल चलो।" प्रेम ने उसे उस दिशा में जाने से रोका और एक सटीक वजह दिया कि उसे क्यों नहीं जाना चाहिए।

कन्हैया को ऐसा उम्मीद भी नहीं था कि ये दोनों ऐसा भी करसकते है। प्रेम का हाथ छुड़ाते हुए वो बोला।

"क्या कह रहे हो तुम? वहां एक लड़की संकट में है और तुम्हे गुरुदेव की डांट की पड़ी है? ऐसी कायरतापूर्ण बात तुम सोच भी कैसे सकते हो?"

"नहीं कन्हैया। हम तुम्हे जाने नहीं दे सकते। हो सकता है कि वहां कोई और जंगली जानवर हो और तुम्हे नुकसान पहुंचा दे। सुबह के वक्त तो तुम और तुम्हारा हट जीत गया था और बिना अपने प्राणों की परवाह किए तुम उस औरत और उसकी बच्ची को बचाने के लिए उस आक्रमक शेर के सामने कूद पड़े थे लेकिन कन्हैया मां ने हम दोनों को तुम्हारी जिम्मेदारी सौंपी है और हम तुम्हे वहां जाने नहीं दे सकते।" प्यारे ने भी उसे रोका।

"कैसी बेवकूफी भरी बातें कर रहे हो तुम दोनों अभी। हाथ छोड़ो मेरा और जाने दो मुझे।" कन्हैया ने प्रेम की ओर देखते हुए कहा।

"हट मत करो कन्हैया और चुपचाप गुरुकुल चलो। देर हो रही है।" प्रेम ने उसका हाथ नहीं छोड़ा और गुरुकुल की दिशा में उसे खींचते हुए एक कदम आगे बढ़ना चाहा लेकिन नाकाम रहा क्योंकि उसे ऐसा लगा कि वो कन्हैया को नहीं बल्कि किसी विशालकाय तने वाले वृक्ष को खींचने का प्रयास कर रहा है और जिसे खींच पाना उसके क्षमता से बाहर है।

"ये क्या हो गया है अचानक से तुम दोनों को? कैसी बेवकूफी भरी बातें कर रहे हो?"

"क्षमा करना कन्हैया लेकिन हम तुम्हे वहां जाने नहीं से सकते।" इससे पहले की कन्हैया कुछ कहता और उन दोनों को समझाने का प्रयास करता उसी स्त्री की चीखने की ध्वनि फिर से सुनाई पड़ी। ध्वनि पहले की तुलना में और भी तीव्र और दर्दनाक थी। झटके से उसने अपना हाथ प्रेम के चंगुल से छुड़ाया और उस आवाज वाली दिशा में भागा। प्यारे उसके आगे आकर उसे रोकने का प्रयास किया परन्तु नाकाम रहा और वास्तविकता यह था कि उन दोनों की बाजुओं में उतना क्षमता नहीं था कि वो उसे रोक सके।

वन के ऊंचे - ऊंचे वृक्ष जिसकी ऊंचाई आसमान को छूने वाली थी और इस परिवेश में कुछ ज्ञात था तो वो था मात्र उस लड़की की

चीखने की आवाजें जिसके पास अतिशीघ्र पहुंचा अनिवार्य था अन्यथा क्या होगा पता नहीं। प्रतिध्वनि के कारण गूंजते आवाज से स्पष्ट दिशा का ज्ञात कर पाना मुश्किल था और वो लगातार उन चीखों के पीछे भागा जा रहा था। ऐसा नहीं था कि वो दोनो वहीं रुक गए लेकिन रफ्तार मंद होने के कारण वो अभी बहुत पीछे रह गए थे। जंगल के इस हिस्से में तो आज के पूर्व वो आया ही नहीं था अन्यथा अगर वो अवगत होता इस क्षेत्र से तो शायद उस लड़की को बड़ी ही आसानी से ढूंढ लेता। घुटनों जितने पानी वाली नहर जैसी निर्झरिणी की धार मुहाने की ओर बह रही थी, के उस पार भी वो नहीं थी।

"बचाओ। बचाओ।" की ध्वनि और प्रतिध्वनि के कारण अलग - अलग दिशाओं से आती ध्वनि का प्रतीत होना। कन्हैया के लिए उस लड़की को ढूंढ पाना मुश्किल हो रहा था और उसे लगने लगा था कि अब वो उस लड़की को बचा नहीं पायेगा। भागते हुए वो उस मोटे तने वाले वृक्ष के पास गया और खड़ा होकर गहरी सांसे ली। लगातार दौड़ते रहने के कारण उसकी धड़कने थोड़ी तेज धड़कने लगी और उस लड़की को नहीं ढूंढ पाने की वजह खुद को निंदित करने लगा था कि तभी वह किसी की गिरने की ध्वनि सुना। ध्वनि से प्रतीत हुआ कि कोई इंसान या शायद वही लड़की ठोकर खाकर गिर गई। और इससे यह भी स्पष्ट हो गया कि वो आस - पास इसी दिशा में है।

कुछ कदम सामने दौड़ने के पश्चात उसने देखा कि काले वस्त्रों वाली एक लड़की जो अभी ठोकर खाकर गिरी थी उठने का प्रयास कर

रही है। उसे देखकर उसके कदमों की गति मंद होने लगा और उसकी आंखे तड़पने लगा उस लड़की के चेहरे की छवि को देखने के लिए। काले वस्त्रों से सुसज्जित उस लड़की की छवि ने कन्हैया के मस्तिष्क को बिल्कुल ही खाली कर दिया और जैसे ही उसने उसकी बेहद खुबसुरत आंखों को देखा सबकुछ भूल गया। धड़कने बेतहाशा शोर मचाने लगी और उसके पूरे जिस्म में जैसे गुदगुदी सा छा गया। लम्बी जुल्फों को अपने चेहरे से हटाते हुए वो खड़ी हुई और आगे की दिशा में भागी।

अभी तक उसके चेहरे पर घने जुल्फों का पहरा था और भागते हुए वो अक्सर पीछे के और देख रही थी लेकिन कन्हैया की नजरें उसके छवि के अलावा कुछ और देखने को तैयार ही नहीं था। लेकिन जिस तरह से वो लड़की सामने की दिशा में भागे जा रही थी, से प्रतीत हो रहा था कि अभी तक उसने कन्हैया को नहीं दिखी थी।

इक्कीसवीं वर्षगांठ पर प्रकृति की ओर से उसे अनगिनत शक्तियां प्राप्त हुई थी लेकिन उस लड़की की छवि को देखने के पश्चात वो बेजान मूर्ति की भांति खड़ा था।

खुद के प्राण को बचाने के लिए बहुत देर से भागते रहने के कारण वो बिल्कुल ही टूट चुकी थी, बेजान हो चुकी थी और कुछ गिने कदम भागने के पश्चात वो धम्म से गिर पड़ी। वो ज़ख्मी हो गई थी और पैर इतने बेजान हो चुके थे कि अब अपने बल पर खड़ा हो पाना असम्भव था। वो पीछे की ओर देखी और उन दो दैत्यों को बेहद करीब

पहुंचा देखकर फिर से उठकर भागने का प्रयत्न करने लगी लेकिन ऐसा नहीं कर पाती है।

"बचाओ।" वो जोर से चीखी इस उम्मीद से कि आखरी वक़्त में उसे कोई बचाने आ जाए। वो दोनो दैत्य बढ़े रो तलवार लिए उस लड़की के बहुत ही करीब पहुंच गए थे और अब इंतजार था तो बस उसकी गर्दन को धड से अलग करने का।

"छोड़ दो मुझे। मत मारो। वो मैंने जान बूझ कर नहीं किया था। वो तो बस एक हादसा था। गलती हो गई मुझसे। माफ़ कर दो। छोड़ दो मुझे। मत मारो।" लड़की ने उन दोनों से अपनी जीवन के लिए याचना की। लेकिन कुरूप से दिखने वाले उन मोटे शरीर वाले उन दोनों के दिल में रहम तो शायद था ही नहीं। दोनों उसके गर्दन को धड से अलग करने के लिए आगे बढ़े।

मौत को अपने बिल्कुल समीप देखकर लड़की ने आपने आप को अपने दोनो भुजाओं के पीछे छुपा लिया और आंखे मींच ली ताकि जब वो उसके गर्दन काटेंगे तो दर्द कुछ कम महसूस होगा।

कन्हैया ने जब देखा की वो दोनो बदसूरत लोग उस घायल लड़की की गर्दन काटने जा रहे है तीव्र गति से उनकी ओर भागा और उस चट्टान से कूदते हुए एक घुसा एक दैत्य के नाक पर मारा और फिर लड़की ओर उन दोनों के बीच खड़ा हो गया। दूसरे ने जब कन्हैया को देखा तो इसे भी मारने दौड़ने ही वाला था कि अपने उस साथी के

नाक से बहते खून को देखकर कुछ क्षण के लिए रुक गया। खून उसके नाक से बहकर होंठ के नीचे आने तक तो वो मूर्ति की तरह बिना हरकत किए खड़ा रहा और फिर गिर पड़ा।

कन्हैया के दोनों मित्र प्रेम और प्यारे भी अब तक पहुंच गए थे और उन्होंने ने भी देखा कि कन्हैया ने बस एक ही प्रहार में उस मोटे सांढ जैसे दिखने वाले आदमी को अचेत कर दिया और अपने साथी का अंजाम देखकर दूसरा डरकर भाग गया।

उस दैत्य के वहां से भागने के पश्चात कन्हैया लड़की के समीप गया और अपना हाथ उसकी ओर बढ़ाते हुए बोला, " आंखे खोलिए। अब आप बिल्कुल सुरक्षित है।"

कन्हैया की आवाज सुनकर लड़की ने दोनों भुजाओं को चेहरे से नीचे किया और डरते - डरते आंखे खोली और कन्हैया को सामने खड़ा देखी। और देखी कि उन दोनों दैत्यों में से एक कुछ कदमों की दूरी पर अचेत पड़ा है। तभी प्रेम और प्यारे भी उसके समीप आकर कन्हैया के पीछे खड़े हो गए।

कन्हैया का हाथ थाम कर वो फिर खड़ी हुई। भागने के कारण लगे चोटों की दर्द के वजह से खड़ा होने में उसे कुछ तकलीफ़ हुआ लेकिन कन्हैया ने उसे संभाल लिया। अच्छी तरह से खड़ी होने के पश्चात अपने चेहरे पर से उसने बिखरे बालों को हटा कर और उन्हें समेट कर चोटी बना ली।

"धन्यवाद आपका। अगर आप नहीं होते तो अब तक इन दैत्यों ने मुझे मार डाला होता।" फिर उसने कन्हैया को शुक्रिया अदा की। यह लड़की दैत्यराज की पुत्री अनामिका ही थी जो कन्हैया को अपने अगले शिकार के लिए मोहब्बत के जाल में फसाने आई थी।

"धन्यवाद की क्या आवश्यकता। ये तो मेरा फर्ज था।" कन्हैया ने अभी इतना ही कहा था कि उसकी आंखे अनामिका के आंखों से जा टकराया और उसके होंठ तो जैसे शब्द ही भूल गए। हर शाम पश्चिम की दिशा में दिखने वाले उस चमकीले सितारे की तरह उसकी नूरानी आंखे चुंबक के समान उसका ध्यान अपनी ओर आकर्षित करने लगा और ऐसे में खुद को संभाल पाना किसी के लिए भी संभव नहीं।

"ईश्वर की तरह आकर आपने मेरी जान बचाई। अगर आप नहीं होते तो मै आज मौत के सानिध्य में होती। आपने मेरी जान बचाई है और हमारा धन्यवाद तो स्वीकार करना ही पड़ेगा।" अनामिका ने कहा।

वैसे तो जख्म पीड़ादाई थे लेकिन उसकी बातों में इतनी मधुरता थी कि सुनने वाला ही आशिक़ बन जाय ऐसे में इंकार कर पाना कन्हैया के लिए कहां सम्भव था।

"आपकी जिद्द है तो चलो आपका धन्यवाद स्वीकार करता हूं।" इसके बाद वो भी चुप हो गया क्योंकि शायद अब कोई शब्द उसके जहन में आ ही नहीं रहा था और अनामिका भी मौन खड़ी रही कि

कन्हैया अगर कोई प्रश्न करेगा तो वो उत्तर देगी। लेकिन किसी के पास कोई तथ्य था ही नहीं आगे चर्चा करने के लिए।

कन्हैया अब तक तो ब्रह्मचर्य जीवन व्यतीत करता आया था और इससे पहले ना ही उसकी कोई लड़की मित्र बनी थी और ना ही उसे किसी से प्रेम हुआ था। और शायद इसलिए इसे व्यवहार नहीं था कि किसी लड़की के चित पर प्रभाव डालने के लिए क्या - क्या करना चाहिए और इस मामले में उसके दोनों मित्र भी अबोध थे। लेकिन अचानक से ही उसके जहन में ख्याल आया कि बात बढ़ाने के लिए उसका हाल पुछे और इस घटना का वजह भी।

"आप जख्मी हो गए हैं।" कन्हैया ने पूछा।

"बस थोड़ा सा चोट लगा है लेकिन मै बिल्कुल ठीक हूं। क्षमा कीजिएगा लेकिन अभी मुझे जाना होगा।" अनामिका ने उत्तर दिया। कन्हैया असहमति नहीं जता पाया और कुछ कह भी नहीं पाया। कन्हैया की चूपी को उसकी स्वीकृति समझकर वो जाने लगी। चोट लगने के कारण चलने में उसे थोड़ा तकलीफ़ हो रहा था परंतु जब कन्हैया ने कहा कि क्या वो उसकी मदद कर सकता है? तो वो बोली कि मदद ले कर वो अब शर्मिंदा नहीं होना चाहती और दर्द उतना ज्यादा भी नहीं है। वो चली जाएगी। और कन्हैया को एक बार फिर से शुक्रिया अदा की। वक़्त फरेव कर रहा था या प्रकृति को जलन होने लगा उसके साथ इतनी खूबसूरत लड़की को देखकर जिसकी सुरमई आंखों में वो कुछ देर और गोते लगाना चाहता था लेकिन वो चली गई और वो ना

ही उसे रोक पाया और ना ही उसके साथ जा पाया बजाय कि वो उसे तबतक देखता रहा जबतक कि वो नज़रों से ओझल नहीं हो गई। अनामिका भी बार - बार मुड़कर कन्हैया को देखती। गिनतियां खत्म हो गई उन कदमों की जो कन्हैया गिन रहा था और अब तो वो पूरी तरह से उसके नज़रों से दूर जा चुकी थी। तब जहन में ख्याल आया कि उसने तो उस लड़की से कुछ पूछा ही नहीं, ना ही उसका नाम और ना ही उसका पता। लेकिन एक अजनबी कातिल अपने हुस्न की हथियार से कन्हैया का कत्ल कर गई और वो मौन खड़ा देखता रहा।

फिर ऐसी असहनीय बेचैनी वो महसूस करने लगा जैसे कि उस जलचर को किसी ने सहसा ही पानी से बाहर निकाल कर रख दिया और इस परिवेश में उसका जीवित रहना उतना ही संभव था जितना उस जलचर का। दिल और दिमाग के मध्य जंग आरंभ हो गया कि जब वो उसके सामने थी उसके बारे में कन्हैया के होंठों ने क्यों नहीं कुछ पूछा। अब कैसे ढूंढेगा उसे? और कहां? और अचानक से क्या हो गया कि इतनी असहनीय बेचैनी महसूस करने लगा।

"कन्हैया..!" प्रेम ने पुकारा लेकिन मस्तिष्क में उमड़ रहे तरह - तरह के विचारों ने उसे ज्ञात होने नहीं दिया कि प्रेम ने उसे पुकारा। इतनी बेचैनी जैसे इस वक़्त वो इस दुनियां में अकेला शख्स बचा है और कोई नहीं है यहां जिससे वो वार्तालाप कर सके।

"कन्हैया..!" उसने फिर से पुकारा लेकिन वही हुआ जो कुछ क्षण पहले हुआ था। मूर्ति की भांति बिना पलकें झपकाए वो उस दिशा में

देखता रहा जिस दिशा में अनामिका गई थी। इश्क़ की बीमारी बीमार कर गई थी एक अच्छे खासे इंसान को। अब इंतजार था उस वैद्य का जो इस मर्ज का सुकून बनता।

"पता नहीं क्या हो गया इसे?" प्रेम ने प्यारे की ओर देखते हुए कहा।

प्यारे कन्हैया के पास गया और उसके कंधे पर हाथ रख कर झटके से उसके बदन को झंझोरते हुए पुकारा ' कन्हैया..!'

विचारों के गहरे सागर से सहसा ही वो इस तरह से जागा जैसे कि कई वर्षों से गहरी नींद में सोया था और किसी ने उसके ऊपर पानी फेंक दिया।

"हनन..! बोलो क्या हुआ? चिल्ला क्यों रहे हो?"

प्यारे ने उत्तर देने के लिए कुछ शब्द ढूंढने की कोशिश तो की लेकिन चुप ही रहा।

"लड़की को तो बचा लिया तुमने। तो अब चलें गुरुकुल?" प्रेम ने कहा।

कन्हैया ने हां में सर हिलाया और प्रस्थान करने के पहले उस दैत्य के पास जाकर उसकी चेतना की पुष्टि करके देखा। अभी कुछ घंटो तक वो ऐसे ही अचेत रहने वाला था।

"पता नहीं क्या खाता है ये। सांढ जितना शरीर और एक ही मुक्के में ढेर हो गया।" प्रेम ने कहा।

"तो अब क्या करें इसका?" कन्हैया ने पूछा।

"पड़े रहने देते है इस सांढ को यहीं पे। जब होश में आयेगा तो स्वयं घर चला जाएगा।" प्रेम ने उत्तर दिया।

"घना जंगल है और जंगली जानवरों का भय। किसी जानवर ने इसे अपना शिकार बना लिया तो?" वो उस दैत्य की परवाह करने लगा क्योंकि उसका फितरत ही ऐसा था कि वो किसी को तकलीफ़ में नहीं देख सकता था चाहे वो कोई भी हो ।

"देख इस सांढ की शक्ल को। कीड़े भी न खाएं इसके मांस को और तू जंगली जानवरों की बात करता है।" प्यारे ने तर्क दिया और इसे इसी अवस्था में छोड़ कर गुरुकुल जाने की बात की पुष्टि की। फिर उन्होंने उस दैत्य को वहीं वैसे ही छोड़ वापस गुरुकुल जाने वाले मार्ग पर चले आएं और गुरुकुल की दिशा में जाने लगे।

"कन्हैया अचानक से तुम्हारा व्यवहार क्यों बदल गया है? इससे पहले तो तुम कभी इतना समय तक मौन नहीं रहते थे?" प्यारे ने पुछा क्योंकि उस लड़की से मिलने के पश्चात से अब तक वो उसकी हरकतों पर गौर कर रहा था। कन्हैया बातूनी तो नहीं था लेकिन ज्यादा समय तक खामोश रह पाना भी जैसे उसके लिए सजा था लेकिन उस

स्थान से यहां तक उसने एक भी शब्द नहीं बोला और न जाने किसकी तस्वीर को अपनी ख्यालों में चित्रित करने का प्रयास कर रहा था? "क्यों गुजरते हैं लम्हें? क्यों वक़्त बीत जाता है? क्या दुश्मनी थी मेरी इससे? थोड़ा और ठहर जाता तो क्या जाता?" बिना शब्दों के अर्थ को आंकें उसने प्यारे के प्रश्नों का उत्तर दे दिया जिसे स्पष्ट समझने के लिए उसके लिए बार - बार दोहराना अनिवार्य था।

किसी शराबी की भांति उस लम्हें के नशे में चूर वो तो बस चल रहा था लेकिन उसकी स्मृति तो उस खूबसूरत लड़की के परिधान में ही कैद था और वो दृश्य बार - बार जहन में घूम रहा था क्योंकि उसकी छवि के अलावा अब वो कुछ और देखना नहीं चाहता था। गुरुकुल अब कुछ ही कदमों की दूरी पर था और उन विद्यार्थियों का दृश्य जो एक विशाल वृक्ष के घने छांव में बैठ ज्ञान अर्जन में मग्न थे, यहां से स्पष्ट देख सकते थे।

"क्या बडबडा रहे हो? पागल हो गए हो क्या तुम?" कन्हैया के निर्थक बातों पर प्यारे झल्लाया। क्योंकि अब गुरुकुल बिल्कुल ही नजदीक था और एक तो देर से गुरुकुल पहुंचने की वजह से गुरुदेव से डांट खाने का भय था और दूसरा कन्हैया के रवैए में अचानक हुआ परिवर्तन।

"कन्हैया गुरुकुल पहुंचने वाले है। नौटंकी बंद करो अपना अब।" प्रेम ने कहा।

भले ही किसी के दिल में कितना भी आक्रोश क्यों ना भरा हो लेकिन जब उसके चित के ऊपर किसी हसीना के कातिल अदाओं का बान चल जाता है न उसे हर चीज खूबसूरत दिखने लगता है। जादू नहीं बल्कि ऐसा ही होता है अक्सर इश्क़ का बुखार चढ़ने के पश्चात बेचारों आशिकों के साथ क्योंकि वही तो सबकुछ होता है जो पहले था लेकिन वही हवाएं अब कुछ ज्यादा ही शीतल लगने लगती है जो पहले तो बिल्कुल ही सामान्य होता है। वो हरे भरे पेड़ - पौधे कुछ ज्यादा ही खूबसूरत लगने लगते है जिसके रंग पहले अक्सर भद्दे दिखते थे। वो फूल कुछ ज्यादा ही मोहक और सुगंधित हो जाते है जो पहले सिर्फ खूबसूरत दिखते थे। हर एक चीज अच्छा लगने लगता है होंठों से हंसी बेवजह ही लिपटी रहती है। कीचड़ करने वाला बारिश फिर प्रेम की सबसे खूबसूरत साधन बन जाता है प्रेमी के भावनाओ को एक दूसरे तक पहुंचाने का। और शायद कुछ ऐसा ही रोग उसके रगों को संक्रमित करने लगा था जिसका उपचार किसी वैद्य के पास नहीं।

प्रेम और प्यारे के कहने पर उसने प्रयत्न किया अनामिका की छवि को स्मृति से हटाने की और अपना ध्यान कुरुकुल की ओर केंद्रित करने की लेकिन दिमाग को अपने वश में कर पाना इंसान के क्षमता क्षेत्र से परे है।

तीनो अन्दर गए। गुरुकुल में हर कोई अब तक अपने - अपने कार्य में व्यस्त हो चुके थे लेकिन इनका देर से आना सबका ध्यान आकर्षित कर रहा था। निगाहें तो इधर - उधर थी लेकिन वे सामने

की ओर बढ़ते जा रहे थे और कन्हैया तो अपनी ही धुन में खोया था। सामने के वृक्ष से कन्हैया जा टकराया और उसका सर फुट गया। उसकी इस हरकत को देखकर उन विद्यार्थियों और शिक्षकों की हंसी छूट पड़ी।

"रास्ते में अचानक से वृक्ष किसने लगा दिया?" कन्हैया बड़बड़ाया और उस हल्के से दर्द को महसूस कर चिल्लाया जो वृक्ष के तने से टकराने के कारण सर पर लगा था।

"वृक्ष तो बहुत पहले से ही यहां खड़ी है। खुद को देखो तुम्हीं मार्ग भटक गए हो।" प्रेम ने उत्तर दिया और उसे बोध कराने के उद्देश्य से कि अचानक से वो शराबियों सी हरकत करने लगा है।

उसके बातों पर गौर कर कन्हैया ने चारों ओर देखा और पाया कि प्रेम का कथन बिल्कुल सत्य है। उस लड़की को देखने के पश्चात उसकी हरकतें बहुत ही अजीब हो गई है। वो दृश्य और उस लड़की की छवि आंखों से ओझल होने का नाम ही नहीं ले रहा है पता नहीं क्यों? और ये क्या हो गया है मुझे अचानक? - उसने खुद से प्रश्न किया जिसका उत्तर ज्ञात ही नहीं था।

अनामिका द्वारा फेंके मोहब्बत के पाश में उसका शिकार फंस चुका था और अब देखना ये है कि इस कहानी का क्या अंजाम होगा? किस मकसद के लिए वो ये सब कर रही है और क्या वास्तव में दैत्यों का अस्तित्व है?

"कन्हैया अब क्या सोचने लगे? जल्दी चलो अन्यथा गुरुदेव से डांट मिलेगी।" प्रेम ने आगाह किया और जल्दी से चलने को कहा।

"हां। हां। चलो।" कहने के उपरांत वे लोग उस खूबसूरत से तालाब से कुछ दूर उत्तर दिशा में बने झोपडी में चले गए। एक ऊंची पहाड़ी से चार हाथ चौड़ी पतली धार झरने की तरह गिर रहा था और वो पानी कमल पुष्पों से भरे उस तालाब में गिर रहा था। यह कोई चमत्कार था या विज्ञान का करिश्मा पता नहीं परंतु उस चार हाथ चौड़ी पतली पानी के धार में सरस्वती मां की रंगीन तस्वीर स्पष्ट देखा जा सकता था लेकिन यह तस्वीर पानी के धार के पीछे की शिला पर नहीं बल्कि उस बेरंग पानी पर ही चित्रित था। लेकिन आश्चर्य वाली बात तो यह है कि क्या ऐसा संभव है?

हर एक शख्स के जहन में यह प्रश्न अवश्य उत्पन्न होता जो इस झरने को देखता। यहां तक की गुरुकुल के हर एक प्राणी के जहन में उत्सुकता थी इस रहस्य के बारे में जानने की परंतु गुरुदेव ने अब तक इस रहस्य को रहस्य ही रखा था।

उस झोपडी के अंदर प्रवेश करते ही उन्होंने गुरुदेव को देखा। उन्हें देख कर प्रतीत हुआ कि गुरुदेव सुबह से ही कन्हैया का इंतजार कर रहे थे। उनकी आंखे दरवाजे पर शायद टिकी हुई थी जब वे लोग अन्दर गए। प्रेम को लगा कि गुरुदेव देर से आने की वजह से डांटेंगे इसीलिए उसने बिना उनके प्रश्न किए ही वजह बताने लगा।

"गुरुदेव हमलोग यहीं आ रहे थे कि रास्ते में..." अभी उसने इतना ही कहा था कि गुरुदेव ने उसे रुकने का आदेश दिया।

"मैंने वजह नहीं पुछा।" उन्होंने कहा और तीनों को नीचे पीछे उस चटाई पर बैठने का इशारा किया। योग साधना के आसान में वो एक पांच अंगुल ऊंची लकड़ी के तख्ते पर बैठे थे और उनकी आंखों के तेज से प्रतीत हो रहा था कि कन्हैया के घर से गुरुकुल आने तक के सफर के दौरान हुए हर एक घटना का उन्हें ज्ञान था।

चंचल मन और हवा से तीव्र गति से चलने वाले मस्तिष्क को अपने वश में कर लेने वाले योगी थे गुरुदेव और कुछ लोग तो ये भी कहते थे कि अपनी इच्छा शक्ति के माध्यम से वो भूत और भविष्य भी देख सकते है लेकिन उनकी इस क्षमता का प्रदर्शन किसी ने नहीं देखा था। तीनो बिना आपत्ति जताए उस चटाई पर बैठ गए। गुरुदेव अगले कुछ क्षणों तक मौन वैसे ही बैठे रहे और तीनो के हृदय में यही विचार चल रहा था कि गुरुदेव क्या सोच रहे हैं।

वैसे तो सभी विद्यार्थी शिक्षा ग्रहण करने में व्यस्त थे और क्योंकि कन्हैया का शिक्षा अब समाप्त होने वाला था गुरुदेव पिछले कुछ दिनों से इसी झोपडी में कुछ ऐसी बातें बताते थे - जीवन में सफल होने के लिए जिसका ज्ञात होना अति आवश्यक था।

"कन्हैया आज तुम इक्कीस वर्ष के हो गए हो और आज तुम्हारा शिक्षा का आखरी दिन है। इसके पश्चात तुम्हे तुम्हारे जिंदगी का

निर्णय स्वयं ही करना ही होगा। जिंदगी के हर एक मोड़ पर तुम्हे सोच समझ कर कदम उठाना होगा क्योंकि तुम्हारा एक गलत कदम ना सिर्फ तुम्हारे लिए नुकसानदायक होगा बल्कि किसी और की जिंदगी पर भी इसका प्रभाव पड़ेगा।"

गुरुदेव की बातें सुकर कन्हैया अपनी मां के बारे विचार करने लगा बल्कि गुरुदेव का तात्पर्य था कि उसके हर एक फैसले के साथ हजारों लोगों की जिंदगी जुड़ी हुई है।

"और क्योंकि आज तुम्हारा इक्कीसवां जन्मदिन है। समय आ गया है कि वो अमानत जो तुम्हारे पिता ने मुझे तुम्हें सौंपने को कहा था अब तुम्हे दे दूं।" गुरुदेव ने बोलना जारी रखा।

"मेरे पिता की अमानत?" कन्हैया ने में विचार करना आरंभ कर दिया कि गुरुदेव किस अमानत की बात कर रहे है और इसका जिक्र अब तक मां ने क्यों नहीं किया? गुरुदेव के वार्ता ने कन्हैया के जहन में संशय का बीारोपण कर दिया और अपने पिता के बारे में जानने की चिंगारी को आग बना दिया। बचपन से ही उसने अपने पिता को साक्षात नहीं देखा था और जब कभी भी वो मां से इस बारे में पूछता था वो यही कहकर टाल दिया करती थी कि उचित वक़्त आने दो उसके पश्चात मै तुम्हे सबकुछ बताऊंगी। लेकिन ऐसा क्या खास था गुरुदेव के पास में जो उसके पिता का अमानत था? अपने पिता के बारे में बस इतना ही ज्ञात था कि वो एक बड़े साम्राज्य के राजा थे। परंतु यदि वो एक बड़े साम्राज्य के राजा थे तो फिर कन्हैया और

उसकी मां एक छोटे से गांव में सामान्य जीवन क्यों व्यतीत कर रही है?

"क्या सोचने लगे कन्हैया?" गुरुदेव ने शायद उसकी अंतरात्मा में उमड़ रहे विचारों को स्पष्ट पढ़ लिया था और वो जान चुके थे कि अपने पिता के बारे में जानने की उत्सुकता उसे बेचैन करने लगा है।

कन्हैया मौन रहा कुछ क्षण के लिए और एक उचित शब्द का चुनाव कर उत्तर देने के लिए बोलने ही वाला था कि गुरुदेव ने पुनः बोलना आरंभ किया।

"इतना विचार मत करो। सब्र करो आने वाला वक़्त तुम्हारे सारे प्रश्नों का उत्तर दे देगा। लेकिन तुम्हे अपने भावनाओं पर संयम रखना होगा। क्योंकि आने वाले समय में तुम्हे कुछ ऐसी परिस्थितियों का सामना करना होगा उस दौरान तुम्हारा सहायक एक मात्र तुम्हारा अपना विवेक होगा और तुम्हारा निर्णय ही तुम्हारा भग्य निर्धारक होगा। अतः इतना विचार मत करो। और चलो।" इतना कहने के उपरांत वे उठे और उस मशाल को के लिए जो अक्सर इस झोपडी को रौशन करने का साधन था।

फिर तीनो खड़े हुए और गुरुदेव के पीछे गए।एक संकोच था उन दोनों के हृदय में की उन्होंने तो सिर्फ कन्हैया को साथ चलने को कहा है यदि वे दोनों भी कन्हैया के साथ गए तो कहीं गुरुदेव क्रोधित न हो जाए। अतः उन्होंने डरते- डरते पुछ ही लिया कि क्या वे भी साथ

में आ सकते है? - उनके साथ आने में गुरुदेव को कोई आपत्ती नहीं थी क्योंकि वो भलीभांति परिचित थे उनके स्वभाव से और वो ये भी जानते थे कि ये दोनों कभी भी कन्हैया का अहित करने की नहीं सोच सकते। अतः उन्होंने हां में सर हिला कर उन्हें साथ आने की अनुमति दी।

उस झोपडी से बाहर निकलते ही उनकी नजर हंसों के उन जोड़ो पर पड़ा जो परिसर में स्वतंत्र विचरण कर रहे थे और जिनकी खूबसूरती चित पर प्रभाव डालने वाला था। बड़े चोंच वाले दो बेहद ही खूबसूरत हंस, एक बार और दूसरा मदा, साथ में विचरण कर रहे थे और यह पहली बार नहीं था कि कन्हैया की नजर इन जोड़ों पर पड़ा था लेकिन आज उसे ऐसा लग रहा था अपने जीवन काल में पहली बार उसने हंस के जोड़ो को देखा है। ये सब इश्क़ के मर्ज का असर था और कुछ नहीं। आंनद के भाव न सिर्फ उसके चेहरे पर स्पष्ट देखा जा सकता था बल्कि उन हंसो को देखकर आज उसका हृदय भी आनंदित था। वहीं खड़ा रह कर वो उन जोड़ो को कुछ देर तक लगातार देखते रहना चाहता था परंतु गुरुदेव के पीछे जाना अनिवार्य था क्योंकि वो जो दिखाने वाले थे उससे शायद वो अपने पिता के बारे में कुछ जान सकता था और उसकी यह जिज्ञासा उन हंसों के आकर्षण से कहीं ज्यादा ही महत्वपूर्ण था।

कमल पुष्पों से भरे उस तालाब का जल उबलता हुआ प्रतीत हो रहा था और जल वाष्प बनकर हवा से घुल रहा था लेकिन शायद यह

सब मात्र नज़रों का छलावा था अन्यथा उबलते जल में कमल पुष्पों का खिला रहना कहां संभव है। इस जल में भी उन पुष्पों को जीवन था परंतु उबलते जल में किसी भी प्राणी को जीवित रह पाना संभव है क्या? नहीं ना? परंतु वास्तविकता क्या था पता नहीं पर शायद गुरुदेव को ज्ञात है। वे उस तालाब के किनारे गए और एक स्थान पर खड़े हो गए। कन्हैया की ओर देखते हुए उन्होंने कहा," इस तालाब में कुदो और इसके बीच में जाओ। उस स्थान पर तुम्हें सुनहरे पंखुड़ियों वाला एक कमल पुष्प मिलेगा। पहले तुम उसे ले आओ।"

गुरुदेव की बातें आश्चर्यजनक और अजीब सा लगा कन्हैया को - इस तालाब का जल तो उबल रहा है और गुरुदेव इसमें कूदने को का रहे हैं? फिर उसने तालाब के मध्य को निहारा और उस सुनहरे पंखुड़ियों वाले कमल पुष्प को ढूंढने की कोशिश की परंतु वहां तो ऐसा कुछ था ही नहीं।

"गुरुदेव। इस तालाब का जल तो बहुत गर्म होगा? क्योंकि यह उबल रहा है।" कन्हैया ने आपत्ति जताई।

"भयभीत होकर जल में प्रवेश करोगे तो जल जाओगे। हां इस तालाब का जल उबल रहा है और अत्यंत गर्म है लेकिन सिर्फ तब जब तुम यह सोच रहे हो। इस तालाब को देखकर हर किसी के मस्तिष्क में यही विचार उत्पन्न होता है परन्तु इसकी वास्तविकता जानते हो क्या है?"

कन्हैया ने नहीं में सर हिलाया। गुरुदेव की बातें किसी काल्पनिक कहानी की तरह लग रहा था जो सुनने में तो ठीक है लेकिन विश्वास करना संभव ही नहीं।

"दरअसल इस तालाब का जल मनुष्य के विचारों के अनुसार उसके साथ व्यवहार करता है। जो विचार तुम अपने मस्तिष्क में रखकर तुम इस तालाब में प्रवेश करोगे यह तुम्हारे साथ वैसा ही व्यवहार करेगा। उबलता हुआ जल इसकी वास्तविकता नहीं है। परंतु यह सोचकर कि इसका जल उबल रहा है यदि तुम इसमें प्रवेश करोगे तो यह तुम्हे जला देगा। और यदि तुम यह सोच कर इसमें प्रवेश करोगे कि इसका जल अत्यंत शीतल है, इतना कि इसमें प्रवेश करते ही इंसान बर्फ में तब्दील हो जाएगा तो यह तुम्हे बर्फ बना देगा। अतः यदि तुम अपने पिता की अमानत प्राप्त करना चाहते हो तो भयमुक्त होकर इस तालाब में प्रवेश करना होगा और उस सुनहरे पंखुड़ियों वाले कमल पुष्प को लेकर आना होगा।" गुरुदेव ने सब स्पष्ट कर दिया।और अब निर्णय कन्हैया को करना था कि निर्भय होकर उसे तालाब में प्रवेश करना है या भयभीत होकर कुछ नहीं।

लेकिन ऐसी स्थिति में इंसान के हृदय में भय का उत्पन्न होना स्वाभविक है और अपने भय और क्रोध पर नियंत्रण कर पाना हर किसी के लिए संभव नहीं। वैसे तो कन्हैया जल्दी भयभीत होने वालों में से नहीं था लेकिन इस वक़्त उसके हृदय में भय उत्पन्न हो रहा था क्योंकि गुरुदेव की बातों पर विश्वास नहीं हो रहा था। उसने कोशिश

की उस भय को नियंत्रित करने की और आजमाने के लिए दाहिना पैर आगे तालाब की ओर बढ़ाया। उसके मस्तिष्क में अब भी संदेह था कि यदि इस तालाब के प्रति गुरुदेव की अवधारणा मिथ्या निकली तो वो तो जल जाएगा। और जैसे ही उसका पैर तालाब के जल से स्पर्श हुआ उसे जल गर्म महसूस हुआ और झटके से उसने पैर पीछे खींच लिया।

गुरुदेव समझ गए कि संदेह और संशय ने कन्हैया के हृदय में आशियाना बना लिया है जिसके वजह से उसे भय है कि यदि जल गर्म हुआ तो वो जल जाएगा।

"कन्हैया उस झरने की ओर देखो।" गुरुदेव ने उस झरने की ओर इंगित करते हुए कन्हैया को कहा। तीनो ने फिर उस झरने की ओर देखा जिसमें सरस्वती मां की तस्वीर बन रहा था।

"उसी झरने का पानी इस तालाब में इकत्रित हो रहा है ना?" फिर उन्होंने कन्हैया से प्रश्न किया।

"हां..!" कन्हैया ने उत्तर दिया।

"तो बताओ कि क्या उस झरने का पानी गर्म है?"

कन्हैया के पास उनके प्रश्न का उत्तर तो था कि नहीं, उस झरने का पानी गर्म नहीं है लेकिन वह सोच में पड़ गया कि क्या बोले? क्योंकि उसी झरने का पानी इस तालाब में इकत्रित हो रहा था और

यदि उसका जल गर्म नहीं है तो इसका कैसे? यह विचार उसके मस्तिष्क में आया। गुरुदेव जो समझना चाहते थे वो भलीभांति समझ गया और सारे संकोच और संशय दूर हो गए। फिर वो निर्भय होकर और यह विचार रखकर की इस तालाब का जल अन्य तालाबों के जैसा ही शीतल है, तालाब में कूद गया।

तालाब का जल तो वास्तव में अन्य तालाबों की तरह ही शीतल था और जल ने उसे कोई क्षति नहीं पहुंचाई। तैरते हुए वो बीच तालाब में गया। वह पुष्प जिसकी चर्चा गुरुदेव ने किया था और जो तालाब के बाहर से अनेक प्रयत्न करने के पश्चात भी नहीं दिखा था - सुनहरे पंखुड़ियों वाला एक कमल पुष्प वहां विद्यमान था। आश्चर्य के साथ ही उस पुष्प को देखकर वो मोहित हो गया। सितारों सी रौशनी बिखेरती प्रतीत होती पुष्प की पंखुड़ियां वास्तव में खूबसूरत और आकर्षक था। इतना की उसे वैसे ही देखते रहने का विचार बार - बार हृदय में आता लेकिन गुरुदेव ने उस पुष्प को तोड़ लाने को कहा है इसलिए उसने पुष्प को तोड़ लिया।

पुष्प तोड़ने के पश्चात कन्हैया तालाब से बाहर निकला और गुरुदेव को सौंपने के लिए उनकी ओर बढ़ाया।

"इसे तुम अपने पास ही रखो और मेरे साथ चलो।" उन्होंने कहा और उस झरने की ओर बढ़े। तीनो गुरुदेव के पीछे गए। उस झरने के पास पहुंच कर गुरुदेव ने उस सुनहरे पंखुड़ियों वाले कमल पुष्प को माता सरस्वती के आगे अर्पण करने को कहा। कन्हैया ने बिल्कुल

गुरुदेव के कथन अनुसार पुष्प को माता को अर्पण किया। पुष्प अर्पण करने के कुछ क्षण पश्चात उस झरने का जल बीच से किसी दरवाजे की तरह दो भागों में विभक्त हो गया।

यह झरना एक गुप्त गुफा का मुख्य द्वार था जिसकी चाभी शायद सुहरे पंखुड़ियों वाला वो पुष्प था। इस दरवाजे को देखकर अब लग रहा था कि यहां कोई झरना था ही नहीं। विज्ञान का अद्भुत करिश्मा था या यह कोई चमत्कार ज्ञात नहीं लेकिन कुछ तो रहस्य था इस गुफा में। दरवाजा खुलने के उपरांत दो अद्भुत कलाकृति वाला सिंह का विशाल प्रतिमा द्वारपाल की तरह स्थापित दिखा। दोनों की आंखें रौशनदान की तरह गुफा के आंतरिक क्षेत्र को रौशन करने लगी और यह एक सुरंग की तरह मार्ग था जो एक विशेष स्थान तक जाता था जो शायद अत्यन्त ही गुप्त था। गुरुदेव अन्दर गए। कुछ दूर तक तो रौशनी थी लेकिन आगे का मार्ग अंधकारमय था और अंधेरे वाले क्षेत्र में जाते ही मशाल स्वतः जल उठा जो गुरुदेव के हाथ में था। आश्चर्य भरी नज़रों से वे तीनो तो बस एक के बाद एक चमत्कार देखे जा रहे थे। इस गुफा के दीवारों पर विशेष प्रकार की कलाकृति जैसे स्वयं विश्वकर्मा ने इसे अलंकृत किया हो इतनी अच्छी और खूबसूरत की इसके जैसी कलाकृति विश्व में दूसरा कहीं नहीं है।

उन कलाकृतियों के देखने के कारण तीनो की गति अत्यन्त ही मंद हो गया था। "तेज चलो।" गुरुदेव ने उन्हें तेज चलने को कहा।

लम्बी सुरंग जैसे मार्ग को पार करने के पश्चात वे लोग बहुत बड़े क्षेत्र वाले एक विशाल कमरे में पहुंचे। यह कमरा इतना विशाल था कि एक दीवार से दूसरे दीवार की दूरी तय करने में कुछ मिनटों का समय लगता और उनके प्रवेश करते ही स्वतः ही कमरे के सारे रौशनदान रौशन हो गए और अचानक से हुए तीव्र रौशनी की वजह से सबकी आंखे चकाचौंध हो गई। कुछ क्षणों के पश्चात जब कन्हैया को लगा कि उनकी आंखे अब कमरे की तीव्र रौशनी को सहन कर चीजों को सामान्य रूप से स्पष्ट देख सकती है, उन्होंने धीरे - धीरे अपनी आंखे खोली। आंखे खोलते ही वो पहला वस्तु जिसने उनका ध्यान आकर्षित किया वो था चार हाथों वाले भगवान श्रीविष्णु की एक भव्य मूर्ति। बेहद खूबसूरत श्रृंगार से अलंकृत श्रीविष्णु की भव्य मूर्ति को सर्वप्रथम उन्होंने शीश झुका कर नमन किया और गुरुदेव के कथन अनुसार कन्हैया ने भगवान की पूजा की।

"यह स्थान तुम्हारे पिता के द्वारा ही निर्मित किया गया है भगवान श्रीविष्णु के इस भव्य मूर्ति के रक्षा के लिए। क्योंकि यह मात्र एक मूर्ति नहीं है अपितु समस्त संसार को ऊर्जा प्रदान करने वाले सारे रत्न इसमें जड़ित है और अगर ये रत्न अथवा यह मूर्ति किसी अदुष्ट के हाथों में चला गया तो सृष्टि का विनाश तय है।" पूजन के उपरांत गुरुदेव ने कन्हैया को उस भव्य मूर्ति के बारे में जानकारी दिया।

"अब इस मूर्ति के सुरक्षा का दाईत्व तुम पर है। तुम्हारे पिता ने यह अमानत तुम्हे सौंपने को कहा था।" उन्होंने बोलना जारी रक्खा।

गुरदेव के पास कुछ और भी था जो उन्हें कन्हैया के पिता आदित्य ने कन्हैया को सौंपने को कहा था लेकिन उन्होंने उस वस्तु को छिपा अब तक गुप्त रखा। हालांकि वो चाहते थे उस वस्तु के बारे में उसे बताना और सौंपना लेकिन वचन के जंजीरों ने उन्हें कैद कर रक्खा था। जिसमे एक मां की ममता और स्नेह सम्मिलित था। इसी के साथ आज कन्हैया की गुरुकुल की शिक्षा समाप्त हो गया था लेकिन अब उसपर उस अद्भुत मूर्ति की सुरक्षा की जिम्मेदारी सौंप दी गई थी। लेकिन किससे?

इतनी खूबसूरत प्रतिमा को तो घर पर ही रखना सुरक्षित होता और पता नहीं ऐसा क्या खास है इस मूर्ति में? कुछ ऐसे रत्न जो पूरी दुनिया को ऊर्जा देता है, भला ऐसा संभव है क्या? कुछ छोटे से बेजान रत्न भला इतनी बड़े संसार को ऊर्जा कैसे दे सकता है? या तो गुरुदेव अंधविशवास का शिकार हो गए है या हो सकता है उन रत्नों का मूल्य बाजार में बहुत अधिक हो इसीलिए इसकी सुरक्षा इतनी सख्त है। लेकिन उस झरने का रहस्य? किसी इंसान के हृदय में उमड़ रहे विचारों को वो तालाब कैसे समझ सकता है? इतनी क्षमता तो शायद सभी देवताओं के पास भी नहीं है। - ये सारे विचार उसके जहन में घूम रहा था और इक्किस वर्ष होने के बाद अपने शरीर में अनोखी अनुभूति का महसूस करना। कई प्रश्न का उत्तर वो जानना चाहता था। अचानक से किसी ने प्रहार किया और तलवार उसके हाथ से छूट गिर पड़ा। जहन में उमड़ रहे प्रश्नों का उत्तर अपनी कल्पनाओं में ढूंढने की वजह

से उसका ध्यान तलवारबाजी के अभ्यास से हट गया और उसकी पकड़ उस प्रहार से इतनी कमजोर हो गया कि छूट कर दूर जा गिरा।

"मैंने हरा दिया..!" सोलह बारह वर्ष एक विद्यार्थी अपनी जीत पर उछल पड़ा। यह पहली दफा था कि वो इससे हारा था अन्यथा पहले तो वह विद्यार्थी मात्र कुछ ही क्षण के अभ्यास के बाद परास्त हो जाता था। लेकिन आज उसने कन्हैया को हरा दिया इस खुशी के मारे वो झूम उठा।

"नहीं। मेरा ध्यान विचलित हो गया था?" लेकिन कन्हैया ने अपनी हार अस्वीकार करते हुए तर्क दिया।

"कुछ भी हो लेकिन मैं तो जीत गया।" उसने उत्तर दिया और अपने अविश्वनीय जीत को एहसास करते हुए पुनः झूम उठा और चीख पड़ा। " मै जीत गया..! मै जीत गया..!"

उसकी खुशी पर कन्हैया चिढ़ गया लेकिन उसकी उत्सुकता देख कर मन ही मन में खुश हो गया। लेकिन उसकी खुशी को कायम रखने के लिए चिढ़ने का अभिनय करने लगा।

"ये तो बेईमानी है। मुझे नहीं करना अब अभ्यास।" रूठने का अभिनय करते हुए वो अभ्यास क्षेत्र से बाहर चला आया। कन्हैया का व्यवहार देख कर उस विद्यार्थी को अपनी जीत पर पुष्टि हो गई और

उसकी खुशी दोगुनी हो गई। "मैंने गुरुकुल के सबसे श्रेष्ठ छात्र को पराजित कर दिया।"

अभ्यास स्थल के बाहर खड़े अन्य छात्र भी उस विद्यार्थी के जीत की खुशी पर मुस्कुराने लगे।

गुरुकुल की शिक्षा तो समाप्त हो गया और वे तीनो गुरुकुल से घर को चले। पूरे रास्ते कन्हैया अपने मस्तिष्क में उमड़ रहे प्रश्नों का उत्तर कल्पनाओं में ढूंढ़ता रहा। शाम होने से कुछ देर पूर्व तीनो घर पहुंचे। चबूतरे पर बैठी मां अन्य से कंकड़ निकाल रही थी। भागते हुए तीनों मां के पास आए और कन्हैया ने मां को बाहों में स्नेह जताने के लिए भर लिया।

"मां..! आज से छुट्टी। गुरुकुल की शिक्षा समाप्त हो गई।" प्रमे ने बहुत ही उत्सुक हो कर बोला।

"समाप्त हो गई?" मां ने पुष्टि करने के लिए पुछी।

"हां। और अब पढ़ाई की कोई झंझट नहीं। बस मस्ती करनी है।" प्यारे ने उत्तर दिया।

"गैयों को चराना है। मस्ती करना है और पूरा दिन सोना है।" प्रेम ने कहा।

"अच्छा ठीक है। चलो अब भोजन कर लो।"

कन्हैया के जन्मदिन के अवसर पर मां ने बहुत ही स्वादिष्ट भोजन बनाया था।

रात्रि के समय कन्हैया मां की गोद में लेटा हुआ आसमान के अनगिनत चमकते सितारों को देख रहा था। पुत्र भले ही उम्र में कितना ही बड़ा क्यों ना हो जाए लेकिन फिर भी वह अपने मां के लिए अबोध और मासूम ही होता है और वो अपने पुत्र को बिल्कुल शिशु के भांति ही प्रेम करती है। उसकी स्नेह की कोई परिभाषा नहीं होती और कन्हैया की मां तो उसे हद से ज्यादा प्रेम करती थी। कन्हैया ने मां को वो सारी घटनाएं विस्तार से बतलाई जो आज पूरे दिन में उसके साथ घटित हुई।

"मां, फिर वो मोटे सांढ जैसे शरीर वाला इंसान अचेत हो कर धम्म से गिर पड़ा।" कन्हैया ने कहा।

जिस बात का भय मां के हृदय को बार - बार विचलित कर रहा था वो सत्य हो गया। कन्हैया की बातों से वो स्पष्ट समझ गई कि इसमें भी वही सारी शक्तियां हैं जो उसके पिता आदित्य के पास था। कन्हैया के बात पर वो झूठी हंसी हंसी।

"फिर मैंने उसे खड़ा किया और पूछा कि ये दोनों तुम्हे क्यों मारना चाहते थे? तो जानती हो मां उसने क्या उत्तर दिया?" कन्हैया इतना कहने के उपरांत उत्तर की लालसा में मां के मुखमंडल को निहारा।

"क्या?" मां उत्सुकता से पूछी। हालांकि हृदय में संकोच और भय उमड़ रहा था ये शक्तियां कहीं उसे उसके पुत्र से अलग न कर दे। लेकिन अपने इस भय को वो जाहिर नहीं होने दे रही थी।

"वो उन दोनों मोटे सांढ जैसे दिखने वाले लोगों को दैत्य कह कर संबोधित की। जानती हो मां उसकी ये शब्द सुनकर मेरा मन जोर से हंसने को करने लगा लेकिन मैंने ऐसा नहीं किया। अंधविश्वास की पट्टी किसी ने उसकी आंखों पर ऐसा बांध दिया था कि वो दैत्य के अस्तित्व को वास्तव जीवन में समझने लगी लेकिन उसे कौन बताता कि इस दुनिया में दैत्य जैसी कोई चीज़ नहीं होती। ये तो सिर्फ कहानियों में होते हैं और वास्तव जीवन में इनका तो कोई अस्तित्व ही नहीं। और पता नहीं उसे किस बात की जल्दी थी कि बिना मेरे प्रश्नों के उत्तर दिए ही चली गई।" मां कन्हैया को विश्वास दिलाने के लिए झूठी हंसी हंसी कि दैत्यों के प्रति उसकी अवधारणा बिल्कुल सत्य है।

"इसमें कोई शक नहीं पुत्र। अंधविश्वास की पट्टी वास्तव में उसकी आंखों पर बंधी हुई थी अन्यथा दैत्य का अस्तित्व काल्पनिक कथाओं के अलावा कहीं और नहीं।" उसकी अवधारणा की पुष्टि करने के लिए मां ने भी तर्क दिया। लेकिन यह शब्द दैत्य उसकी हृदय को अन्दर से ही झंझोर दिया। इन दैत्यों की वजह से ही तो उसने अपने पति को खो दिया था लेकिन अब वो अपने पुत्र को किसी भी मूल्य पर खोना नहीं चाहती।

कुछ ऐसी ही तड़प कन्हैया को हुआ जब संगीत से भी मधुर चूड़ियों की खनक उसके हृदय को छू कहीं गुम हो गया। अब वो उस प्यासे की तरह ही उस ध्वनि को ढूंढने लगा और उस स्त्री की उपस्थिति को महसूस करने लगा। कमरे के इस हिस्से से उस हिस्से तक और खिड़की के बाहर जहां तक नजरों को स्पष्ट देखने की क्षमता थी वहां तक, कन्हैया ने फिर उस ध्वनि को हर जगह ढूंढा लेकिन नाकाम रहा। इतने में ही फिर से इस बार सिर्फ चूड़ियों की खनकने की ध्वनि उसे बावला कर गया। ऐसा लगा जैसे कि उसी लड़की ने बिल्कुल उसके कानों के नजदीक आकर अपने दोनों हाथों में सुसज्जित चूड़ियों को खनकाया और हवा से भी तीव्र रफ्तार में भागते हुए घर के किसी हिस्से में जाकर छुप गई ताकि कन्हैया उसे ढूंढे।

कन्हैया इस गुत्थी में ऐसे उलझने लगा कि उसे ज्ञात ही नहीं हो रहा था कि वो उलझ रहा है या सुलझ रहा है। और प्रेम की ऐसी अनुभूति भला किसे गवारा होगा। बिल्कुल वही बात की मेहबूबा के आगमन की अनुभूति शोर मचाते हुए आशिक़ को दे देता है जिससे एक प्रेमी को ज्ञात हो जाता है कि वो आस- पास में ही है और कन्हैया भी बिल्कुल ऐसा ही महसूस कर रहा था। उसकी उपस्तिथि और जैसे वो यही है उससे बस कुछ ही कदम दूर। अन्यथा धड़कन को क्या पड़ी है इतना जोर - जोर से धड़कने की? आज के पहले तो उसे कभी ऐसी अनुभूति नहीं हुई लेकिन यह एहसास बहुत ही आनंददायक था और ताह उम्र इसी अनुभूति में जीने की कामना ईश्वर से करने लगा। लेकिन उसे ज्ञात कहां था वास्तविकता।

उसकी उपस्थति का आभास उसके बेचैन मन को और भी बेचैन कर दिया और उसे ढूंढने के लिए कमरे से बाहर निकला। आंगन और घर के परिसर में कोई भी नहीं था जिसे उसकी बेचैन नज़रे देखने को बेताब थी उस खूबसूरत लड़की की बेड़ियां जो स्वतंत्र पैरों संग बंधे होते हैं की छनकने की ध्वनि ने कन्हैया को बताया कि वो ऊपर छत पर जा रही है। सुगंधित कली की सुगंध के पीछे बावरा हुए उस पतंगे की तरह वो उस हल्की कदमों की आहट के पीछे दौड़ते हुए छत पर चला गया।

आसमान में चमकते अनगिनत सितारे और खुला छत, कुछ कीड़ों की वही पुरानी आदत रात की शांति भंग करने की, उन सितारों के बीच बड़े आकृति के पूर्ण चमकती चांद की आकृति और दूर दिखती पहाड़ियों की चोटियां और जंगल के कुछ पौधों की धुंधली आकृतियां इसके अलावा और कुछ नहीं था। जिस लड़की को वो ढूंढ रहा था बावलों की तरह वैसी कोई लड़की तो थी ही नहीं। और कहीं ऐसा तो नहीं कि जिस लड़की की उपस्थिति को वो महसूस कर रहा है वो यहां उपस्थित ही नहीं है बल्कि ये सब उसके मस्तिष्क के द्वारा बनाया गया छलावा है। क्योंकि बस एक ही बार तो मिला है कन्हैया उससे? आज सुबह जंगल में। जब बचाई थी उसकी उन दो सांढ जैसे दिखने वाले कुरूप आदमियों से और फिर तो वो बिना कुछ बताए चली भी गई थी तो इस वक़्त वो यहां कैसे आ सकती है? कन्हैया ने खुद को समझाने के लिए तर्क दिया।

लेकिन अपने ह्रदय को यह तर्क देकर वो उस अनुभूति को खोना नहीं चाहता था बल्कि उसे और महसूस करना चाहता था। उसने महसूस करने की कोशिश की बहती शीतल हवाओं में और उसके रौंगटे खड़े हो गए। पूरे जिस्म में जैसे गुदगुदी सी होने लगी और नशे में चूर शराबी की तरह वो छत पर ही बैठ गया और चांद को निहारने लगा। उसके जुल्फों के साथ खेलती हवाएं और वो उसकी शीतलता को पुरी तरह महसूस करना चाहता था। उसने आंखे बंद कर ली और उसकी खूबसूरत छवि को कल्पनाओं में चित्रित करने लगा और लेट गया।

मयूर पंखों जैसे रंग वाले परिधान पहने वो लड़की उसकी कल्पनाओं में आई। बिल्कुल वैसी ही जैसा वो कल्पना करना चाहता था। स्मृति में चित्रित किए उसकी तस्वीर को उसने फिर अपने पसंद के रंगों से रंगा और उसकी खूबसूरती को चार चांद लगाने के लिए कल्पना में ही उसको श्रृंगार कराने लगा। कीमती आभूषण, रंग बिरंगे चूड़ियां, बालों में सफेद पुष्प की लपेट और फूलों की कमरबंध और भी बहुत कुछ और जब उसने अपनी आंखें खोली तो देखा कि वही लड़की बिल्कुल उसी लिवास और श्रृंगार में प्रत्यक्ष है जैसा अभी उसने अपनी कल्पनाओं में अलंकृत किया था, चांद से प्रकट होकर हवाओं पर दौड़ते हुए उसके पास आई। ऐसा लग रहा था कि मोटी - मोटी पुस्तकों में लिखी उन कहानियों की खूबसूरत परियों में से एक जो बाकियों की तुलना में कुछ ज्यादा ही खूबसूरत है, चांद से उतर कर उसके पास आ रही है। वही सफेद रंग के सारे परिधान जिसे पहना कर उसने अपनी माशूका की खूबसूरती को जोहरी की तरह नक्कसा था, वो बिल्कुल

वैसी ही सुसज्जित थी। गोरी कलाईयों में रंगबिरंगे चूड़ियां और हवाओं संग खेलती लंबे घने बाल।

चांद की रौशनी से ज्यादा कुछ रौशन था तो वो था अनामिका के श्रृंगार और वस्त्र जो किसी उपग्रह की भांति चमक रहे थे और ऐसा लग रहा था उसके आते ही सहसा ही इस रात्रि की सारी अंधियारे समाप्त हो गई और दिन हो गई लेकिन यह दिन जैसा बिल्कुल नहीं था।

कन्हैया के पास आने के पश्चात उसने अपना दाहिना हाथ उसकी ओर बढ़ाया ताकि उसे थाम कर वो खड़ा हो। शायद वो उसे कहीं ले जाना चाहती थी। परंतु कन्हैया उसकी खूबसूरती में इस तरह मग्न था कि यह तय कर पाना बहुत ही कठिन है कि क्या यह उसकी कल्पना है या हकीकत? परन्तु मस्तिष्क में उमड़ रहे विचारों के खिलाफ जाकर उसने जैसे ही उसे स्पर्श किया उसके रगो में जैसे अत्यंत तीव्र बिजली दौड़ पड़ी। जो क्षतिपूर्ण नहीं बल्कि आनंददाई था। खुद को संभालने के लिए संतुलन बनाना जरूरी था इसीलिए झट से उसने उसका हाथ पकड़ लिया। लेकिन अनामिका के हाथ पकड़ते ही उसने अपने भीतर अनगिनत तीव्र से उमड़ रहे तूफानों को महसूस किया जैसे की पृथ्वी पर स्थित सारे महासागर की ज्वारभाटाएं एक साथ पूरे बदन में उमड़ पड़ा है और खुद की धड़कने सुनी। इतनी तीव्र की इसके कम्पन से पूरा पृथ्वी भी थरथराने लगे।

इतना होने के पश्चात अपने बल पर खड़ा होना उसके लिए संभव नहीं था इसीलिए अनामिका ने उसका हाथ कसकर पकड लिया और खींचा। तब जाकर वो खड़ा हुआ। जैसे ही वो खड़ा हुआ अनामिका के कानों से लटक रहे झुमकों ने उसका ध्यान आकर्षित कर लिया और उसकी मुस्कुरहट ने उसका सुध - बुध छीन लिया। हवाओं के हल्के झोंके प्रयासरत थे खूबसूरत कानों से लटकते झुमकों को हिलाने के लिए लेकिन उसे इसका जरा सा भी आभास नहीं था।

हजारों पात्र मदिरा पीने के पश्चात भी एक शराबी को इतना नशा नहीं होता जितना उसकी आंखों में देखने पर कन्हैया को हुआ और वो ऐसे खो गया जैसे राही मार्ग की खूबसूरती देखने के चक्कर में मार्ग भटक गया हो परंतु उसे इसका जरा सा भी अफ़सोस नहीं।

"ऐसे क्या देख रहे हो?" अनामिका ने मुस्कुराते हुए कन्हैया से पूछा जबकि वो जानती थी कि वो उसकी आंखों के सागर में डूब जाना चाहता है। हुस्न के सैलाव में टूट कर बिखर जाना चाहता है और कटार से भी कातिल उसकी मुस्कुराहटों की धार से खुद के हृदय को चीर कर मोहब्बत में फना होना चाहता है।

"कुछ नहीं। बस यही देख रहा हूं कि तुम्हे अलंकृत करने में मैंने कोई कमी तो नहीं छोड़ दी?" कन्हैया ने उत्तर दिया।

"ओ अच्छा। तो देखो मेरे परिधान को और श्रृंगार को।" कहते हुए अनामिका ने उसे अपना परिधान दिखाया और हर एक श्रृंगार को भी।

लंबे बालों से लिपटी कई सुगन्धित पुष्प की सुगंध को महसूस करने के लिए कन्हैया उसके पीछे गया और बालों पर हाथ फेरते हुए पुष्टि किया कि बालों का अलंकरण बिल्कुल ठीक है। फिर गोरे कानों से लटक रहे दोनों झुमकों को छू कर हिलाया और झनकने की अत्यन्त धीमी ध्वनि को सुनने के लिए अपने कानों को उसके पास ले गया। इस दौरान वो बिल्कुल सीधी खड़ी रही। अनामिका के दाहिने कंधे पर हाथ रखकर फिर उसने अपनी ओर घुमाया और सफेद रंग के दुपट्टे को बहुत ही बारीकी से देखा। गले से लटकते आभूषण भी ठीक थे और उभरे स्तनों को ढकने वाली चोली के नीचे उसकी नाभि ने तो जैसे उसका कत्ल ही कर दिया और वो कमरबंध!

"सब कुछ बिल्कुल वैसा ही है।" कन्हैया ने बारीकी से जांचने के बाद उत्तर दिया।

"तुमने तो मुझे अपने अनुसार अलंकृत कर दिया मेरे मेहबूब। लेकिन तुम?" इतना बोलने के पश्चात अनामिका ने उसके गालों को स्पर्श किया और कान के पास के बिखरे बालों को सहलाया।

"और तुम्हारे ये बिखरे बाल और तुम्हारा ये परिधान?"

"तुम्हे पसंद नहीं?" कन्हैया ने पूछा।

"पसंद तो है परंतु मै भी तुम्हे अपने अनुसार से अलंकृत करना चाहती हूं। इसमें गुनाह है क्या?" इतना बोलते हुए रुसवाई उसकी आंखों में उमड़ आई और कन्हैया का ना उसका दिल तोड़ सकता था।

कन्हैया के हृदय ने आगाह किया कि तुम्हारा ना उसका दिल तोड़ सकता है और वो रूठ भी सकती है। और इसमें बुराई ही क्या है कि वो अपने मेहबूब को अपने हाथों से सजाना चाहती है? अरे इन मखमली हाथों का स्पर्श मात्र पाने के लिए करोड़ों आशिक़ कुर्बान होने के लिए भी तैयार हो जाएंगे। इससे पहले की उसका हृदय उससे कुछ और कहता उसने हां कह दिया।

कन्हैया के हां ने अनामिका को खुश कर दिया। इतना कि आज मै अपने मेहबूब को अपने हाथों से अलंकृत करूंगी कह कर खुशी से उछलने लगी। हट्ठ लगा कर बैठी एक छोटी बच्ची को वह वस्तु मिल जाने बाद जैसी उसकी प्रतिक्रिया होती है ना? बिल्कुल वैसी ही प्रतिक्रिया कन्हैया के मुख से हां सुनकर अनामिका की थी। और उसकी इस प्रतिक्रिया पर कन्हैया की खुशी चौगुनी हो गई।

अनामिका अपनी मखमली नर्म और मुलायम उंगलियों को उसके गालों पैर फेरते हुए बोली,"तो चलो मेरे मेहबूब मै तुम्हें एक हसीन दुनियां में ले चलती हूं। वहां तुम्हे अलंकृत करने का सामान भी है और वह स्थान मुझे अति प्रिय भी है। चलोगे ना?"

सिद्ध - बुध खो बैठा था वो और हुस्न के नशे में चूर हो चुका था। इस स्थिति में विवेक और सूझबूझ काम नहीं आती और बिना सोचे विचारे हामी भर दी। वो मुस्कुराई और उसके कलाई को बहुत ही स्नेह से पकड़ी और दूसरा हाथ उसके कमर में डालकर उसे कसकर पकड़ ली और उसकी आंखों में देखते हुए मुस्कुराते हुए पूछी," चलें?"

"अवश्य।" कन्हैया भी उसकी आंखों में देखने लगा।

अगले ही क्षण दोनों आहिस्ता - आहिस्ता उड़ने लगे। यह पहली दफा था कि कन्हैया हवा में सैर करने वाला था, हवा में उड़ने वाला था और जैसे ही वह दो कदम जितनी ऊंचाई पर पहुंचा भयभीत होने लगा। तब उसे भय से मुक्त करने के लिए अनामिका ने और भी कसकर पकड़ लिया और वो भी उसके सीने से लिपट गया। अपनी माशूका के बाहों के बेड़ियों में कैद अब वह कूद को सुरक्षित समझने लगा और क्योंकि वो अनामिका के सीने से लिपटा हुआ था, उसकी धड़कने स्पष्ट सुन सकता था। उसमे में काम वासना की भावना उमड़ने लगी और उसका हृदय उसके स्तनों को जी भर कर आलिंगन करने का करने लगा। और करता भी क्यों नहीं?

"अब देखो हम कितनी ऊंचाई पर हैं।" अनामिका ने कहा।

उसकी बात सुनकर कन्हैया ने उसके सीने पर से सर हटाया और नीचे देखा। घर का वो छत इस स्थान से अत्यंत सूक्ष्म प्रतीत हो रहा था और उस क्षेत्र का व्यापक रूप कितना खूबसूरत लगता है इस चांदनी

रात्रि में इसका आभास भी उसे पहली बार हुआ। इस ऊंचाई ने पुनः उसके हृदय में भय उत्पन्न करना चाहा लेकिन उसने अपने आप को संतुलित कर लिया था परंतु अपनी माशूका के सीने से लिपटने का यह मौका खोना नहीं चाहता था और झुठमुठ के डरने का नाटक करते हुए फिर से अनामिका के सीने से लिपट गया।

"तुम्हे कुछ नहीं होगा कन्हैया। मुझ पर भरोसा रखो और देखो इस स्थान से यह धरती कितना खूबसूरत लगता है।" अनामिका ने कहा। उसके कहने के उपरांत उसने फिर से एक दृष्टि धरती पर डाला और इस स्थान से धरती की खूबसूरती का आनंद उठाने लगा।

"क्या तुम जादूगर हो?" जिज्ञासु भरे भाव से कन्हैया ने अनामिका से पुछा।

"सिर्फ तुम्हारे लिए।" उसने उत्तर दिया।

"कहां से सीखा तुमने ऐसे हवा में उड़ना?" उसने पुनः प्रश्न किया।

"सीखा नहीं है। मै जिस दुनियां में रहती हूं ना? वहां सबको आता है। लेकिन अगर तुम चाहो तो मै तुम्हे ये कला सीखा सकती हूं?"

"अवश्य। मै तो उत्सुक हूं इस कला को सीखने के लिए। फिर मै भी तुम्हारे ही तरह चांद को छूने जाय करूंगा और इस बादल से उस बादल तक दौड़ा करूंगा। भागुंगा, नृत्य करूंगा और गुरुदेव के द्वारा

सिखाए गए पाठों का अभ्यास भी मै इन्हीं बादलों पर आकर करूंगा।" उसने उत्सुकता से कहा।

अनामिका ने उसके ललाट पर अपना हाथ फेरा और कुछ देर तक लगातार उसकी आंखों में देखने रहने के पश्चात उसके होंठों को चूम लिया। उसके पश्चात वो बोली, "स्नेह करते हो ना मुझसे?"

"ये कैसा प्रश्न है?" कन्हैया ने आश्चर्य से पुछा।

"कुछ नहीं। मेरे हृदय को संशय है तो तुम्हें यह स्पष्ट बताना होगा। अन्यथा.." अनामिका ने अभी अपना वाक्य पूरा नहीं किया था कि इसबार कन्हैया ने उसके होंठों को चूम लिया। आलिंगन करने से भले ही किसी के स्नेह का साक्ष्य नहीं मिलता लेकिन इस वक़्त अनामिका के हृदय में उमड़ रहे संशय के सैलाव शांत हो गए। और फिर अब वह अपने मेहबूब कर यकीन कर सकती थी और हवा में उड़ने की कला सीखा सकती थी। कन्हैया का हाथ पकड़कर वो तीन कदम पीछे आ गई और इस दौरान वो सिर्फ उसके आंखों में ही देख रही थी। उन दोनों के मध्य अब दो हाथ जितनी दूरी का फासला था। अमनिका के इशारों को समझ कर कन्हैया दो तीन कदम आगे की दिशा में उसके साथ कदम से कदम मिला कर चला और यह दृश्य बिल्कुल वैसा ही प्रतीत हो रहा था जैसे कोई किसी अबोध बालक को सहारा देकर चलना सिखाता हो।

"अब तुम स्वयं चल कर देखो।" अनामिका ने कहा। शायद वो हुनर उसे सीखा चुकी थी जो कन्हैया सीखने को उत्सुक था। लेकिन इतनी जल्दी? - यह संशय उसके हृदय में उमड़ा।

"भयभीत न हो। भरोसा रखो मुझपर... और देखो। तुम उड़ सकते हो। चल सकते हो इन बादलों पर। दौड़ सकते हो और भाग भी सकते हो।" उसका मनोबल बढ़ाते हुए अनामिका ने हाथ छुड़ा लिया। उसका हाथ छोड़ने के पश्चात मै गिर जाऊंगा यह भय खत्म हो जब उसने अपने आप को उन बादलों के ऊपर खड़ा पाया। डरते - डरते वह कुछ कदम चला और जब उसे यकीन हो गया कि मै भी अब इन बादलों पर चल सकता हूं, भाग सकता हूं, नटखट शिशु की तरह इधर - उधर भागने लगा और बेवजह ही उछलने और कूदने लगा। कन्हैया के आंनद की गणना करना संभव ही नहीं था और केवल कन्हैया ही नहीं बल्कि कोई भी मनुष्य को जब बादलों पर सैर करने का अवसर मिलने पर इतना ही खुश होता।

तीव्र हवा के साथ चलती बादलों की कभी वो आकृति बदलता तो कभी इस स्थान से उस स्थान था भागता। और इस खुशी में कुछ देर के तो वो अनामिका को बिल्कुल भूल ही गया था। उन बादलों पर चलने की ख्वाहिश अभी पूरी नहीं हुई थी उसकी की ऐसा लगा कि एक बड़े से आकृति वाला बादल ने सहसा ही जल का रूप ले लिया और उसके ऊपर गिर पड़ा। और फिर एक के बाद एक सब कुछ उसके आंखों से ओझल होने लगा। और चेहरे पर से पानी पोंछने के बाद जब

उसने आंखे खोली तो देखा कि सामने कमरे की दरवाजे से कुछ कदम की दूरी पर कामिनी एक बल्टा लिए खड़ी है और वो अपने बिस्तर पर भिंगा हुए खड़ा है। अपने आप को अपने शयन कक्ष में पाने के उपरांत उसे बोध हुआ कि अब तक जो कुछ भी उसके साथ हो रहा था वो सब मात्र एक स्वप्न था। अन्यथा सोचने वाली बात है कि जगल वाली वो लड़की अचानक से यहां कैसे आ सकती है? जबकि कन्हैया ने तो ना ही उसे अपना नाम बताया था और ना ही अपना पता।
"तुम..? तुमने पानी क्यों डाला मूझपे?" झल्लाते हुए उसने कामिनी से पूछा। लेकिन वो ठहाके लगा कर हंसे ही जा रही थी। स्वप्न के दौरान करने वाली हरकतों को वह वास्तव में भी कर रहा था लेकिन इसका बोध उसे नहीं हुआ। और अनामिका जब कमरे के पास से गुजर रही थी तो कन्हैया को बड़बड़ाते हुए सुनी और उसकी बातों को सुनकर हंसने लगी। क्योंकि वो कन्हैया के इस हरकत पर अकेले नहीं हंसना चाहती थी उसने मां और उन दोनों को भी बुला लिया जो एक कोने में खड़े हो देखने लगे। लेकिन जब कन्हैया बिस्तर पर खड़ा होकर उछलने औ कूदने लगा तो उसे जगाने के लिए उसे पानी से भिगोना अनिवार्य हो गया।

कामिनी के हंसने के बाद वे तीनो भी हंस पड़े जो कन्हैया के पीछे उस दीवार के पास खड़े थे।

"तुम तो हवा में उड़ने का हुनर सीख रहे थे ना?" कामिनी ने अपनी हंसी रोकते हुए कहा और पुनः हंसने लगी।

"नहीं तो।" उसने ऐसा उत्तर तो दिया परंतु यह सोचने भी लगा कि उसके स्वप्न के बारे में इसे कैसे पता है? क्योंकि उसे जरा सा भी आभास नहीं था कि सपने देखने के दौरान वो क्या क्या हरकतें कर रहा था। दरअसल उसे तो ये ज्ञात ही नहीं था कि वो स्वप्न देख रहा था। कहां वो खूबसूरत लड़की मुझे अपने हाथों से अलंकृत करने वाली थी और कहां ये चुड़ैल आकर इतना हसीन स्वप्न पर पानी फेर दी। - कन्हैया मन ही मन में बोला।

"तो कौन आई थी कन्हैया तुम्हारे सपने में? वही लड़की ना?" प्रेम ने पीछे से बोला। उसका यह शब्द उसके लिए ऐसा था इस वक़्त मानों जख्मी के ज़ख्मों पर किसी ने मिर्च लगा दिया हो।

"सुबह - सुबह नशा कर लिए हो क्या तुम दोनों ने? एक मुझे चैन से सोने नहीं दे रहा और दूसरा फ़ालतू प्रश्न पूछ कर दिमाग का दही कर रहा है। तुम लोग रहो यहीं पर..!" कहने के उपरांत कन्हैया आवेग में कमरे से बाहर चला गया।

इतना मनोरम स्वप्न अगर आप ही देख रहे होते और अचानक से कोई आकर आप पर भी ऐसे ही पानी डाल देता तो आप क्या करते? - मै तो उसका सर फोड़ देता ईंट मार के। स्वप्न..! इसपर तो किसी का कोई पाबंध ही नहीं होता और ना ही ये किसी के इच्छा के अनुसार आता है। और पता नहीं फिर कब उसे दुबारा ऐसा स्वप्न आएगा और उसकी माशूका उसे अपने हाथों से अलंकृत करेगी? क्या पता? और वो तो उसका नाम और पता भी नहीं जानता था अन्यथा उसे रिझाने के

लिए उसके गांव चला जाता। कुछ न तो कमसे कम उसे देख कर अपनी दिल की तड़प तो मिटा लेटा लेकिन ऐसा करना मुमकिन ही नहीं था। उसकी हालत तो उस मछली के जैसे हो गया जैसे कि उसे जल से निकलकर किसी ने रेगिस्तान में फेंक दिया हो जहां पानी है ही नहीं और वो पानी के लिए तड़प रहा हो अन्यथा उसकी मृत्यु हो जाएगी अगले कुछ क्षणों के बाद।

शयनकक्ष से बाहर निकल कर अभी वो आंगन में आया ही था कि वो तीनो भी उसके पीछे दौड़े चले आए और कामिनी जो उसकी चचेरी बहन थी, कन्हैया को चिढ़ाने की चित्तवृत्ति में थी। आंगन में जब कन्हैया चबूतरे पर दोनों पैरो को लटका कर अभी बैठा ही था और अपनी स्मृति में कैद स्वप्न की कुछ धुंधली तस्वीरों को चित्रित करने की कोशिश करने लगा था कि कामिनी चुपके से उसके बाजू में आकर बैठ गई और बहुत ही मधुर स्वर में उससे पूछी, " वाकई कन्हैया वो इतनी खूबसूरत है?"

लेकिन कन्हैया स्वप्न के उन तस्वीरों में इतनी जल्दी खो गया कि कामिनी कब उसके बाजू में आ बैठी उसे एहसास भी नहीं हुआ। कामिनी के द्वारा पूछे गए प्रश्न को अपनी हृदय की आवाज समझ कर हां में उत्तर देने के लिए उसने सिर को हिलाया और पुनः उन तस्वीरों को चित्रित करने लगा। हवा में लहराते हुए ओढ़नी के पल्लु और काले रंग का परिधान और अगले ही क्षण अंधेरा ही अंधेरा हो गया। जिस छवि को कल्पनाओं में चित्रित करने की कोशिश वो कर

रहा था पूर्ण होने से पहले ही मिट गया। और इससे पहले कि वो पुनः प्रयास करता कामिनी ने पुनः उसके ऊपर पानी डाल दिया।

जब कन्हैया ने उसके प्रश्न के उत्तर में सर हां में हिलाया था तभी उसने प्रेम को बाल्टी भर के पानी लाने का संकेत दिया था उसने और प्रेम के पानी लाते ही कामिनी ने बाल्टी उसके हाथ से छीनकर कन्हैया के ऊपर उधेड़ दिया।

शीतल जल का स्पर्श और पुनः वो भींग गया था। जबकि वो जागना नहीं चाहता था क्योंकि आज इस वास्तविक दुनिया से ज्यादा खूबसूरत उसे वो ख्वाब लग रहा था, कामिनी पता नहीं किस जन्म की दुश्मनी निकाल रही थी। कामिनी के इस व्यवहार पर उसे बहुत गुस्सा आया और वो उसे मारने दौड़ा।

यह कोई लड़ाई नहीं था बल्कि भाई - बहन के मध्य होने वाला स्नेह पूर्ण तकरार था। घुंघराले बालों वाली सत्रह वर्ष की वो लड़की कामिनी हालांकि कन्हैया की सगी तो नहीं थी लेकिन उसे वह अपनों से कहीं ज्यादा ही स्नेह करता था। और एक दूसरे की टांग खींचने का द्वंद कसर लगा रहता था। दोनों में से कोई भी एक दूसरे की टांग खींचने का कोई भी मौका नहीं छोड़ते थे।

घर के इस कमरे से उस कमरे तक, कभी रसोई में तो कभी शयनकक्ष में कामिनी और उन दोनों को पकड़ने के लिए कन्हैया भागता। उनके बीच हो रहे इस आनंदमय द्वंद को देखकर आंगन में

खड़ी मां आनंदित हो रही थी। भागते हुए कामिनी मां के पीछे आकर छुप गई। कन्हैया भागता हुआ आया और उसकी चोटी को दबोचकर पकड़ लिया और अपनी ओर खींचा।

"काकी देखो ना कन्हैया ने मेरा बाल पकड़ रखा है। इसे छोड़ने बोलो ना। दर्द करने लगा है।" मां की ओर देखते हुए उसने कन्हैया की शिकायत की हालाकी वो उसके सामने ही खड़ी सबकी हरकतों को स्पष्ट देख रही थी।

"मां इसने दुबारा मेरे ऊपर पानी डाला दिया। आज मै इसको नहीं छोड़ूंगा।" थोड़ा सा उसकी बाल खींचते हुए वो बोला।

"कन्हैया छोड़ दो उसे..।" मां ने आदेश दिया। लेकिन कन्हैया ने अनदेखा कर दिया।

"नहीं मां। आज तो मैं इसे बिल्कुल नहीं छोड़ूंगा।" बोलते हुए उसने कामिनी के बाल खींचा और वो चिल्लाई। "छोड़ न दुख रहा है।"

"मैंने कहा न कन्हैया छोड़ दे इसे।" मां ने पुनः उसे छोड़ने को कहा। पहले की ही तरह इस बार भी वो बहुत ही नम्र स्वर में बोली थी लेकिन यह पहले की तुलना में भिन्न था। उसके शब्दों को सुनते ही कन्हैया मानो वशीभूत हो गया और कामिनी के बाल छोड़ दिए। अहिंसात्मक स्वभाव की थी कन्हैया की मां शायद इसी लिए उसके शब्दों की क्षमता इतनी थी कि बड़े से बड़े द्वंद को क्षण भर ही में

शांत कर दे। छुपी हुई मुस्कुराहट हमेशा उसके होंठों के संग चिपकी रहती थी और जब वह मौन भी होती थी तो प्रतीत होता था कि वो मुस्कुरा रही है। इससे पहले कि कन्हैया कुछ कहता मां ने उसे स्नान करने और कपड़े बदलने को कहा। हालाकी अभी उसका गुस्सा बिल्कुल शांत तो नहीं हुआ था लेकिन मां की बात का पालन करते हुए वो अन्दर स्नान करने चला गया।

स्नान करने के उपरांत आज भी उसे उसी दिनचर्या पर कार्य करना था लेकिन इसमें एक परिवर्तन यह आ गया था कि अब गुरुकुल नहीं जाना था। क्योंकि आज उसने घर पर ही स्नान कर लिया सूर्य नमस्कार के लिए भी नहीं गया क्योंकि स्वप्न देखने के चक्कर में तो आज वो सूर्योदय के बाद जागा था। वो भी कामिनी के वजह से।

कामिनी के पिता एक छोटे से व्यापारी थे जो किसानों से फसल खरीद कर उस बाजारों में बेचा करते थे। उस दौरान कभी - कभी उन्हें देर भी हो जाती थी और कभी तो दो - चार दिन के लिए घर से बाहर ही रहना पड़ता था। और क्योंकि कामिनी अकेली हो जाया करती थी अक्सर यहां आ जाया करती थी और पूरा दिन मां के साथ ही व्यतीत करती थी। आज सुबह जब उसके पिता जी बाज़ार को गए थे तो तुरंत यहां चली आई यह सोचकर कि मां के कामों में हाथ भी बटा देगी और कन्हैया के साथ थोड़ी मस्ती भी कर लेगी। लेकिन जब वो आई तो कन्हैया के अजीब हरकतों को देखने लगी और उसके पश्चात उनके बीच का द्वंद।और जिसका परिणाम यह हुआ कि भोजन अभी तक

बना ही नहीं। परंतु वक़्त तो हो चुका था भोजन करने का और अब तक तो सबके पेट में चूहे भी कूदने लगे थे।

सुबह से ही आज मां का स्वस्थ ठीक नहीं था। उतना भी खराब नहीं था बल्कि उन्हें तो बस थोड़ा सा ज्वर था जो कि मौसम में अचानक से परिवर्तन के कारण हुआ था शायद। ज्वर होने की वजह से आज सुस्ती से काम कर रही थी वो। कुछ काम निपटाने के बाद कुछ क्षण आराम करने की सोच मां आंगन में बैठ गई। कामिनी अभी रसोई में ही थी लेकिन भोजन बनने का कार्य अभी तक आरंभ नहीं हुआ था।

स्नान करने के पश्चात कन्हैया जब बाहर आया और क्योंकि भूख ने उसके पेट में उत्पात मचा रखा था, आंगन में आते ही बोला, "मां। जल्दी से अपने हाथों से बनी स्वादिष्ट भोजन करा दो।" इतना बोलने के पश्चात वो खटोले पर बैठ गया और भोजन से भरी थाली का सामने आने का इंतजार करने लगा।

"भोजन तो अभी तक नहीं बना है कन्हैया।" कुछ क्षण के चुप्पी के उपरांत मां ने उत्तर दिया।

कन्हैया मां के पास जमीन पर बैठा और उसका हाथ पकड़ा। हाथ पकड़ते ही उसे महसूस हुआ कि मां को ज्वर है और अभी तक भोजन नहीं बनने की वजह वो समझ गया।भूख की आग तो प्रेम और प्यारे के पेट में भी लगा हुआ था। और जब वे भागते हुए आंगन में आए

और कन्हैया को पीछे से देखा तो कल्पना करने लगे कि कन्हैया को मां अपने हाथों से भोजन करा रही है। इस कल्पना ने उनके हृदय में भी मां के हाथों से भोजन करने की इच्छा को आकार दे दिया। और अपने इस कामना को पूर्ण करने के लिए भागते हुए मां के पास आए लेकिन यहां तो दृश्य उनके कल्पना के जैसा बिल्कुल ही नहीं था। फिर उन्हें लगा कि शायद कामिनी भोजन लाने गई है। क्योंकि वास्तविकता से वे अवगत नहीं थे भोजन की इंतजार में मां पास ही में जमीन पर बैठ गए।

"आपकी तबियत ठीक नहीं है मां..!" मां की कलाई पकड़ कर नब्जों का अनुमान लगाते हुए कन्हैया को कहा।

"हां कन्हैया। और अब तो मैं बूढ़ी भी हो गई हूं। इस उम्र में और इस मौसम में तबियत का बिगड़ना तो आम है।" मां ने तर्क देते हुए उत्तर दिया।

"एक काम करता हूं। मै वैद्य को बुलाता हूं।" और वैद्य को बुलाने जाने के लिए वो अभी खड़ा होने ही वाला था कि मां ने उसे रोक लिया। और पुनः अपने पास ही में बैठा लिया। मां की नासाज तबियत की खबर ने उन दोनों के हृदय में उमड़ रहे मां के हाथों से भोजन करने की उत्सुकता को दफन कर दिया और उन्हें भी उनकी स्वस्थ की चिंता होने लगी।

"तुम बैठो कन्हैया। वैद्य जी को मैं बुला आता हूं।" कहते हुए प्रेम खड़ा हुआ और फुर्ती से कुछ कदम आगे बढ़ा ही था कि मां ने उसे भी रोक लिया।

"रुको। आवश्यकता नहीं है और इतनी भी बीमार नहीं हूं मैं। इस उम्र में मुझे कोई वैद्य नहीं बल्कि एक बहु चाहिए जो मेरी देख रेख करे और मैं उसे लाड प्यार भी करूं।" उसे रोकते हुए मां ने अपनी ख्वाइश को भी स्पष्ट किया।

"बस मां इतनी सी बात..! ऐसी बात है तो कर दो कन्हैया का विवाह। एक खूबसूरत बहु आएगी हमारे घर में और..(प्यारे की ओर देखते हुए प्रेम ने बोलना जारी रक्खा।) प्यारे बता ना तुझे कैसी भाभी चाहिए?"

"लंबे घुंघराले बालों वाली एक खूबसूरत लड़की जिसे हर प्रकार के स्वादिष्ट व्यंजन बनाना आता हो।" प्यारे ने अपना विचार प्रेम के पूछने पर स्पष्ट किया।

"क्या फ़ालतू की बकवास करने लगे हो तुम दोनों। चुप रहो। (मां के करीब जाकर घुटनों के बल सामने बैठ गया और उसकी दोनों हाथों को पकड़ते हुए उससे पूछा) आप बताओ ना आपको कैसी सेवा चाहिए? मैं हूं ना? पैर दबा दूं या हाथ?"

उसकी बातों पैर मां मुस्कुराई और कुछ क्षण के मौन के पश्चात उत्तर दी कि वो सारे काम कर पाना उसके लिए संभव नहीं है जो वो उसे करने को कहेगी।

"आप बताओ तो सही मां। ऐसा कोई काम नहीं जो करना मेरे लिए असंभव हो। आप तो बस आदेश दो और अगले ही क्षण वो कार्य पूर्ण हुआ आपके नज़रों के सामने होगा।" कन्हैया ने पूर्ण विश्वास के साथ कहा।

"बोलने जितना आसान कार्य नहीं है..." मां ने कहा।

"और कन्हैया ये काम तो तुमसे बिल्कुल ही नहीं होगा। यकीन नहीं तो शर्त लगा लो।" कामिनी जो रसोई में थी मां और कन्हैया के मध्य हो रहे वार्तालाप सुनकर आंगन में आई और कन्हैया को चुनौती दी। उसके शब्दों ने कन्हैया के क्षमता पर प्रश्न चिन्ह लगा दिया था लेकिन अब अपने आप को साबित करने के लिए उसे उस कार्य को बिना किसी त्रुटि के संपन्न करके दिखाना अनिवार्य था अन्यथा बेइज्जती वाली बात थी।

"तु तो चुप ही रह.. बड़ा आईं मेरे क्षमता का आंकलन करने वाली। मां आप बताओ वो कौन सा कार्य है?" कन्हैया ने कामिनी को चुप रहने को कहा और मां से उस कार्य के बारे में पूछा।

"जंग लड़ने जितना कठिन तो नहीं है परंतु बड़े से बड़े शूरवीरों को प्रहाष्त करने की क्षमता है इसमें।" उस कार्य के प्रति उत्सुकता को मां के द्वारा कहे बातों ने और भी बढ़ा दिया। हालांकि कामिनी समझ चुकी थी कि मां किस कार्य का चर्चा कर रही है लेकिन उसने मां के बातों में दखलंदाजी नहीं की।

"आप बताओ तो सही मां। चाहे कितनी ही मुश्किल कार्य क्यों ना हो तुम्हारा है पुत्र उसे संपन्न करके दिखाएगा।" कन्हैया ने फिर से पूर्ण विश्वाश के साथ उत्तर दिया।

एक इंसान उसी वक़्त हार जाता है जब किसी कार्य को जटिल समझकर यह विचार करने लगता है कि यह कार्य मेरे बस की नहीं। पौराणिक कथाओं के उन्हीं ग्रामीणों की तरह जो एक दैत्य से भयभीत थे क्योंकि उनके मस्तिष्क में इस विचार ने घर कर लिया था कि इस विशालकाय शरीरवाले उस आतंकी दैत्य को किसी भी इंसान के लिए हरा पाना असम्भव था। लेकिन दूसरे नजरिए से देखा जाय तो उसका विशाल शरीर ताक़त नहीं बल्कि कमजोरी है। जिसके पश्चात ग्रामीणों ने उस दैत्य को मार गिराया। कन्हैया ने तो का दिया कि कोई भी ऐसा काम नहीं जो करना उसके लिए असंभव है। हालांकि उसे हर प्रकार के कार्यों को करने में महारत हासिल तो नहीं था लेकिन सामान्य रूप से वो उसे अच्छे से कर सकता है उसे ऐसा लगता था।

"भोजन बनाना और घर के अन्य सारे कार्य करना।" मां ने अभी इतना ही कहा था कि कन्हैया ने अवरोध किया।

"बस इतनी सी बात..! यह कार्य तो बहुत ही आसान है।"

"करके तो देखो। ज्ञात हो जाएगा कि यह कार्य कितना आसान है।" कामिनी ने कहा।

"हां..! हां..! चल प्रेम मेरे साथ। और हां मां आप बताओ कि आप क्या खाना पसंद करोगी?" उसने प्रेम और प्यारे को अपने साथ चलने को कहा और साथ ही में मां से पूछा कि किस प्रकार का भोजन करना वो पसंद करेगी।

"भाई मै तो नहीं आ रहा। मुझे तो भाभी चाहिए और तुम्हें?" प्रेम ने साफ इंकार कर दिया और प्यारे की ओर देखते हुए उसका विचार पूछा।

"मैं भी। देख भाई मैं तो मां के तरफ ही रहूंगा। भाभी के हाथ से बनी नर्म रोटियों क्या स्वाद होगा और कहां तुम्हारे हाथों का बना बेस्वाद और बेकार रोटियां? कोई तुलना ही नहीं।" प्यारे ने भी इंकार कर दिया और तुलनात्मक तर्क देने लगा।

"चल ठीक है। मत आ मेरे साथ लेकिन प्रवचन भी मत दे। मै अकेला ही भोजन बना लूंगा। गरमा गरम रोटियां और सब्जी कैसी रहेगी मां?"

"चल तू यही बना के खिला दे।" मां ने भारी शब्दों मै हमीं भरी क्योंकि वो जानती थी एक साधारण सी रोटी बनाना भी कितना कठिन होता है और इसने तो आज के पहले कभी रोटियां बनाई भी नहीं थी।

अब बात आन की थी और उसे हर हाल में साबित करना चाहता था कि भोजन बनाने के प्रति उन लोगों की अवधारणा गलत है और वो भी स्वादिष्ट और नर्म रोटियां बना सकता है। वास्तव में रसोई का कार्य कठिन नहीं है लेकिन उनके लिए तो बिल्कुल नहीं जिन्होंने पहले इस कार्य को कभी किया।

"चल कोमल और कौन सी सामग्री कहां रखी है ये बता दे।"

"मैं क्यों बताऊं? जब मै भोजन बनती हूं तो तू आता है बताने कि कौन सी सामग्री कहां रखी है? जा खुद ढूंढ ले और भोजन जल्दी बनाना। पेट में चूहों ने उत्पाद मचा रखा है।" उसके अशिष्ट बातों पर तो कन्हैया का में कर रहा था कि वो उसका सर फोड़ दे ईंट मार कर लेकिन यह अशिष्टता होगी। और अगर उसके नजरिए से देखा जाए तो वो भी तो बिल्कुल सही ही थी।

"हां। हां। कोई जरूरत नहीं है। मै खुद कर लूंगा सबकुछ।"

विवाह करने की उत्सुकता तो इस उम्र के हर एक नौजवान को होता है लेकिन कन्हैया इस उत्सुकता को जाहीर होने नहीं देना चाहता था जिसका एक मात्र कारण थी अनामिका। इश्क़ के बुखार की गर्मी

और विलक्षण ख्वाब! इतना ही तो पर्याप्त था और अगर वो मां की इस इच्छा पर वो अपनी स्वीकृति देता तो जाहिर सी बात है कि बिना बिलंब किए वो लड़की ढूंढना आरम्भ कर देती। तो फिर उसकी और उस लड़की की प्रेम कहानी का क्या होता? एक ही मुलाकात में जिस कातिल ने उसका दिल चुरा लिया था उन भावनाओं को अगर वो व्यक्त करना चाहता तो भी भला किन शब्दों में करता?

रसोई में आते ही उसने एक बर्तन लिया और घड़े से थोड़ा पानी निकालकर पास ही में रख दिया। हर कार्य को अत्यन्त फुर्ती से करने की उत्सुकता अक्सर बहुत सारी गलतियों का कारण बन जाता है। और जिस कार्य को हम अल्प समय अंतराल में समाप्त कर देना चाहते हैं अनचाही कई सारी त्रुटियां उसमें पर्याप्त होती है। और इस कार्य को तो वो प्रथम बार ही कर रहा था इसलिए गलती होना तो अनिवार्य था। रोटी बनाने किए आवश्यक होता है सही तरीके से आटे को गुथना लेकिन इससे पहले तो अनिवार्य था उसके लिए उस पात्र को ढूंढना जिसमें आटा रखा हुआ था। एक ही जैसे दिखने वाले उन कई पात्रों में से किस पात्र में आटा है यह कैसे ज्ञात होगा? एक मात्र युक्ति है कि हर एक पात्रों का ढक्कन खोलकर संवीक्षण करना कि किस पात्र में आटा है। और उसने ऐसा करना आरंभ भी कर दिया। दाई ओर से कतारबद्ध रखे उन पात्रों का ढक्कन खोलकर संवीक्षण करने लगा कि किस पात्र में आटा है। किसी में दाल था तो किसी पात्र में चावल और किसी में कुछ अन्य किस्म के अनाज। और जब उसने कतार के आखिरी पात्र का ढक्कन खोला तो उसमें आटा पाया। अगर

वह बाईं ओर से पात्रों का संवीक्षण करता तो आटे का पात्र पहले ही बार में मिल जाता और इतनी वक़्त की बर्बादी नहीं होती। - अपने गलत फैसले पर शर्मिंदगी जताने के पश्चात आटे को उसने उस बर्तन में निकाल लिया और गुथने के लिए बैठ गया।

आटे को सर्वप्रथम उसने बर्तन में निकला और फिर पानी डाल दिया। पहले कभी भोजन नहीं बनाने की वजह से उसे अनुमान नहीं था कि इतनी मात्रा में आटा गूंथने के लिए कितना पानी पर्याप्त होगा और फलस्वरूप पानी की मात्रा ज्यादा हो गया। आटा गीला हो गया। संतुलित करने के लिए उसने फिर उसमे सूखा आटा मिलाया और अब यह बिल्कुल ही ज्यादा कड़ा हो गया। यह निरंतर ही चलता रहा। संतुलित करने के लिए जब वह पानी डालता तो आता ज्यादा ही गीला हो जाता और जब उसे कड़ा करने के लिए आटा डालता तो यह ज्यादा ही कड़ा हो जाता। इस चक्कर में उसने बहुत ही ज्यादा मात्रा में आटा गूंथ डाला लेकिन नर्म और मुलायम रोटी जिस तरह से आटा गुथा होना चाहिए था यह वैसा तो बिल्कुल ही नहीं था। परंतु तंग आकर उसने इतना ही में छोड़ दिया। आज उसे महसूस हुआ कि आटा गुथना भी कितना कठिन कार्य है और अभी तो यह आरंभिक काल था इस कार्य का।

गुथे आटे के उस बर्तन को किनारे रखने के पश्चात टोकरी में रखे कुछ अच्छे सब्जियों को छांट कर उसे अच्छी तरह से काटा। इसमें उसे किसी भी प्रकार की कोई परेशानी नहीं हुई। सब्जियों के करने के

बाद अब समय था चूल्हा जलाने का और इसके लिए अनिवार्य था ईंधन इक्कठा करना। कन्हैया के सारे हरकतों को वे लोग छुप छुप कर देख रहे थे और जब कन्हैया उनकी ओर देखता तो वे छिप जाते। लकड़ियों को इकट्ठा करने के पश्चात उसने चूल्हा जलाने का कार्य आरंभ किया। रसोई के कार्यों में से सबसे कठिन कार्य चूल्हा जलाने का कार्य भी है और बदकिस्मती से आज लकड़ियां थोड़ी गीली थी। क्योंकि गीली लकड़ियां आसानी से नहीं जलती और फलस्वरूप बहुत ही ज्यादा धुआं होने लगता है। सुलगती लकड़ियों से निकलते धुएं ने पूरे रसोई को भर दिया और जब यह धुआं उसके आंखों और स्वशन द्वारा फेफड़ों तक गया; वो खांसने लगा और रसोई से बाहर भागा। क्योंकि धुआं सिर्फ रसोई में ही नहीं था बल्कि धीरे - धीरे यह अपना क्षेत्र बढ़ते हुए पूरे घर में फैलने लगा था। आंगन में बैठे वे लोग कन्हैया की स्थिति को देखकर हंसने लगे जिसका तात्पर्य यह था उसकी हार मानने में ही भलाई है अन्यथा यह तो मात्र शुरुआत है और जटिल कार्यों को संपन्न करना तो अभी शेष है। परंतु दृढप्रतिज्ञ कन्हैया हार कैसे मान सकता था? गहरी सांसे लेने के पश्चात वह वापस रसोई में चला गया और चूल्हे को जला कर धुएं को नष्ट करने में कामयाब रहा।

दृढ़ निश्चय और आत्मविश्वास ही है जो इंसान को अंततः सफलता के द्वार तक ले जाता है परन्तु अक्सर लोग समस्याओं को जटिल होता देख ही हार मान लेते है बजाय कि संघर्ष करने की। दूर से ही समस्या को देखकर अपनी क्षमताओं का आंकलन तो ठीक है लेकिन

सिर्फ रणनीति बनाने के लिए और संघर्ष करने के लिए परंतु समस्या की विशालता को देखकर हार मान लेना बिल्कुल ही उचित नहीं। उसे विश्वास था अपने आप पर की इस कार्य को भले ही बेहतर न कर सके लेकिन सामान्य स्तर पर इसे बिना त्रुटियों के संपन्न कर सकता है और उसकी इसी विश्वास ने उसे इस स्तर का विजेता बना दिया। अब बारी थी गरमा गरम रोटियां सेंकने की और स्वादिष्ट सब्जी बनाने की। तो पहले कौन सा कार्य करना उचित होगा?- अगले कुछ क्षण तक लगातार विचार करने के पश्चात अंततः निर्णय लिया कि पहले सब्जी बनाना ही उचित होगा क्योंकि दो - तीन रोटियां सेंकने के बाद भोजन की गुवत्ता और स्वाद का संवीक्षण कराने के लिए मां को परोस भी सकता है। तय निर्णय पर बिना बिलंब उसने कार्य करना आरंभ कर दिया। बर्तन को चूल्हे पर रखने के पश्चात उसने सबसे पहले तेल डाला और गर्म होने तक का इंतजार करने लगा। उसे जब लगा कि तेल पूरी तरह से गर्म हो चुका है उन कटे सब्जियों को उसने कढ़ाई में डाल दिया। हालांकि सब्जी बनाने की पाक विधि तो उसे ज्ञात नहीं था लेकिन फिर भी वो बना रहा था। कुछ देर लगातार सब्जी को भूंजते रहने के पश्चात उसे ख्याल आया कि मसाले और नमक तो सब्जी में अभी तक डाला ही नहीं। वो तो मस्ती में बस सब्जी को भूंजता ही जा रहा था। परंतु ख्याल आते ही सब्जी में नमक और मसाले डालने के लिए वो नमक और मसाले ढूंढ़ने लगा और इतनी ही समय अंतराल में चूल्हे में जलती लकड़ियों की तीव्र लपटों ने सब्जी को जलाना आरंभ कर दिया। सब्जी को जलने से बचाने के लिए बिना विचार किए उसने गर्म कढ़ाई को पकड़ लिया और उसका हाथ जल गया। जलन महसूस

होने के कारण कढ़ाई हाथों से छूट गई और गिर गई। इस घटना के उपरांत उसे ज्ञात हो गया कि भोजन बनाना वास्तव में कितना कठिन कार्य है!

हाथ से छूट कर कढ़ाई गिरने की वजह से लगभग आधी सब्जी तो बर्बाद हो गया और जो बचा था उसमे नमक और मसाले डाल कर कुछ देर तक पकाया। उसे जब लगा कि सब्जी पूरी तरह से पक गया है बर्तन को चूल्हे पर से उतार कर एक स्थान पर रख दिया। गरमा गरम रोटियां सेंकने के लिए फिर चूल्हे पर तबा चढ़ाया और गुंदे आटे की गोल रोटियां बेलने लगा। परंतु बोलने जितना आसान नहीं होता है गोल आकर में रोटियां बेलना और सेंकना तो बिल्कुल भी नहीं। कई बार प्रयत्न करने के उपरांत भी गोल रोटियां बेलने में वो नाकाम रहा और अंततः वैसी ही विचित्र आकृति में बने रोटियों को सेंकने लगा। फूली और नर्म और मुलायम रोटी होने के लिए आवश्यक होता है संतुलित मात्रा में तबा को गर्म रहना परंतु अक्सर रोटियां बेलने के दौरान चूल्हे की लकड़ियां बूझ जाती और तबा ठंडा हो जाता। और जब चूल्हे की लकड़ियां धधकती हुई तीव्र ज्वाला के साथ जलता तो तबे पर रखी रोटी जल जाती। वैसे तो अभी मौसम वसंत का था लेकिन रोटियां सेंकते - सेंकते कन्हैया पसीने से लथपथ हो गया। बड़ी मुश्किल से तीन चार रोटियां बनाने में कामयाब हो गया वो और एक थाली में सब्जी और रोटियों को परोस कर मां के पास गया। जैसे तैसे करके तो उसने रोटी और सब्जी बना ली पर क्या यह बेहतर बना था? मुझे तो नहीं लगता। मां के हाथों में भोजन की थाली

सौंपते हुए उसने कहा कि संवीक्षण करके बताओ मां कि रोटियां कैसी बनी है? भोजन बनाना भी एक कला है और वो तो इस कला में पारंगत थी। थाली में परोसे हुए सब्जी और रोटी को देख कर अंदाजा लगा ली उसका स्वाद कैसा होगा तो स्वाद का संवीक्षण करने के लिए भोजन का चखना अनिवार्य ही नहीं है। वो मुस्कुराई। कन्हैया की ओर देखते हुए बोली कि जब मै भोजन बनाती हूं तो अक्सर स्वाद का संवीक्षण मैं स्वयं ही करती हूं। तो इसके अनुसार तो भोजन किसे चखना चाहिए? मुझे?

उसकी बात तो सत्य थी। नित्य दिन भोजन बनाने के उपरांत वो स्वयं ही स्वाद का संवीक्षण करती थी इसलिए यह कार्य भी उसे ही करना पड़ेगा। एक निवाला बनाने के लिए उसने रोटी को तोड़ा और सब्जी के साथ खाया। स्वादिष्ट व्यंजन में मसालों और नमक आदि की मात्रा संतुलित मात्रा में होती है परन्तु जब उसने निवाला मुंह में लिया अत्यंत तीखी मिर्च के तीखेपन के कारण उसके जीभ और का जलने लगे। यह इतना तीखा था कि कुछ ही क्षणों बाद उसकी चीखें निकलने लगी। और वह पानी - पानी कहकर चिल्लाने लगा। कन्हैया के इस हालत पर तो वैसे तो सबको हंसी आ रही थी परन्तु कोमल भागती हुई गई और एक पात्र में शीतल जल लेकर आई। शीतल जल का पात्र उसकी हाथों से छीन कर कन्हैया ने एक ही सांस में सारा जल पी कर पूरे पात्र को खाली कर दिया लेकिन अब भी तीखेपन की जलन ने उसे अस्तव्यस्त कर रखा था। और इसी के साथ कन्हैया शर्त

भी हार गया और अब उसके पास कोई शब्द नहीं थे अपने हार की वजह को परिभाषित करने को।

बीतते घड़ियों का सितम ऐसा कि हर एक क्षण एक साल जितना लम्बा लग रहा था और उसका हृदय तड़प रहा था कि या तो आज दिन में नींद आ जाय या तो उसका दीदार हो जाय। लेकिन वक़्त का ये कहर बड़ा ही बेरहम होता है। जंगल के उसी क्षेत्र और उसी स्थान पर कन्हैया अकेले एक शिलापट्ट पर बैठा अनामिका की छवि को अपनी कल्पनाओं में चित्रित करने का प्रयत्न करता लेकिन दिन की तीव्र रौशनी ना ही उसके आंखों में नींद आने देती और ना नहीं बिना नींद के ख्वाब।

बहती सरोवर से शीतल जल पिती गैया और अनामिका के धुन में खोया कन्हैया। इस स्थान पर आना तो अब उसका दिनचर्या सा हो गया था और इस उम्मीद से कन्हैया यहां घंटो बैठा रहता कि वो उससे मिलने अवश्य आएगी। कभी बासुरी से संगीत के धुनों को छेड़ कर शांत जंगल को मस्ती में नृत्य करके झूमने पर विवश कर देता तो कभी उसकी एक और छवि देखने के लिए वह कितना तड़प रहा है इसका बोध करा देता।

गुरुकुल की शिक्षा समाप्त होने के पश्चात तो अब स्वतंत्र हो चुका था परंतु इतना भी नहीं कि मां के स्नेह के बंधन को तोड़ कर मनमानी करने लगे। लेकिन सरोवर की जलधारा पर अनामिका को खूबसूरत छवि को चित्रित करने का पागलपन तो शायद उसका व्यवसाय बन

गया था और इसी धुन में अपने पिता के बारे में जानने की जिज्ञासा थी उसकी कुछ समय अंतराल के लिए शांत हो गई।

उसी विशेष शिलापट्ट पर बैठा कन्हैया टकटकी लगाए उसी दिशा में निरंतर देखता रहता जिस दिशा में अनामिका गई थी। अकेला ही कभी पागलों सा गुनगुनाता तो कभी उसे प्रत्यक्ष समझ कर उससे बाते करता और मुस्कुराता लेकिन उस दिशा में जाकर उसके आवास को ढूंढने का प्रयत्न उसने अभी तक नहीं किया। बात ये नहीं थी कि उसका हृदय उस मार्ग पर जाने के लिए उसे प्रेरित नहीं करता था बल्कि एक वचन जो उसने मां को दे रक्खा था कि दूर क्षेत्रों में कभी भी वो अकेला नहीं जाएगा हर बार उसे रोक लेता था। लेकिन एक चंचल पंक्षी को कोई कब तक पिंजरे में कैद रख सकता है? और जब एक समय ऐसा आया कि उसकी कामना शक्ति मां को दिए गए वचन से कहीं ज्यादा ही प्रवल हो गया वह उस मार्ग पर अनामिका को ढूंढने निकाल पड़ा।

इतने बड़े संसार में एक ऐसे शख्स को ढूंढना बिल्कुल भी सरल नहीं है जिसका नाम और पता आपके पास नहीं है। लेकिन उस दिशा में एक बार जाकर देखने में क्या बुराई है । संभव है कि वो आस पास ही के क्षेत्र में निवास करती हो और थोड़ी सी जतन करने पर शायद मिल जाय। क्योंकि उसने प्रेम और प्यारे को पहले ही विश्वास दिला दिया था कि इस स्थान को छोड़कर वो कहीं नहीं जाएगा वो दोनों गैयो को देखने गए थे। अनामिका को खोज लेने की उम्मीद ले कन्हैया

जिस मार्ग पर वचन के बंधन को तोड़ चला था इसकी संभावना बिल्कुल ही शून्य था कि वो उसे मिले। किसी खोजी की तरह कुछ दूर तक उस दिशा में निरंतर बढ़ते रहने पर घने जंगल के अलावा कुछ और तो नहीं मिला उसे लेकिन अगर वो इस क्षेत्र में नहीं आता तो बिल्कुल ही प्रकृति की अद्भुत सौंदर्य की छवि को कभी भी नहीं देख पाता। प्रकृति के सौंदर्य और खूबसूरती को देखते हुए वह कुछ क्षण के लिए भूल गया कि किस उद्देश्य से इधर आया था और उसके कदम स्वतः मंद होने लगे। प्रकृति की इस खूबसूरती में अपनी माशूका की धुंधली छवि को वो कुछ देर के लिए भूल गया और देखते - देखते उसे यह भी ज्ञात नहीं रहा कि वो किस स्थान पर आ गया है और किस मार्ग से आया था। हालाकि अभी तक काफी दिन शेष था लेकिन बहुत लंबे वृक्षों से भरे होने की वजह से इस क्षेत्र में आभास हो रहा था जैसे कि शाम हो गई है। आसमान की ऊंचाइयों को छूते वृक्ष के शिखर और दूर दिखता घने कुहरों का आवरण।

"अरे ये मै कहां आ गया?" कन्हैया को सुध बुध ही नहीं था कि कब वो इस स्थान पर आ गया और किस मार्ग से आया था। और वह वाक्य जो उसने अपने आप से कहा था प्रतिध्वनि के कारण जंगल में गूंजने लगा। समय का आंकलन करता तो तकरीबन डेढ़ घंटे हो गए थे और अब तक तो प्रेम और प्यारे उसे उस क्षेत्र पर पागलों की तरह ढूंढ रहे होंगे। घर जाने पर मां की डांट पड़ना भी तो तय था लेकिन वापस जाने का मार्ग तो उसे पता ही नहीं था। चारों ओर इधर उधर भाग - भाग कर उस मार्ग को ढूंढने लगा जिससे वो इस स्थान पर

आया था लेकिन यहां तो लगभग बहुत सारे मार्ग थे। उन मार्गों में वापस जाने के मार्ग को अभी वह पहचानने की कोशिश ही कर रहा था कि किसी ने उसके सर पर जोर से मारा । यह प्रहार इतना तीव्र था कि चोट लगते ही वो अचेत हो गया।

चेतना में आने से पूर्व ही उसे दर्द का एहसाह होने लगा और आंखे बंद किए हुए ही सिर के जख्मी हिस्से को स्पर्श करके देखा और आंख खोल कर जब अपनी हथेली को देखा तो रक्त से लाल था। हालाकि चोट वाले स्थान से रक्त बह तो नहीं रहा था लेकिन फिर भी। आंखे खोले अभी कुछ ही पल हुए थे कि गहरे चोट लगने के कारण दर्द की एक तीव्र तूफान ने उसके आंखों के सामने अंधेरा ही अंधेरा कर दिया। जबकि वह अपनी पलकों को सीमा से ज्यादा ही खोले हुए था फिर भी उसे कुछ दिखाई नहीं दे रहा था, परंतु ऐसा बिल्कुल नहीं था कि जिस स्थान पर वो था वहां पर्याप्त रौशनी नहीं थी। इतने में उसने महसूस किया किसी अन्य व्यक्ति के स्पर्श को और आभास किया की इस स्थान पर और भी कई लोग मौजूद है। जैसे - जैसे मस्तिष्क अपने आप पर संतुलन बनाने लगा अत्यन्त दूर से आती कुछ आवाजें सी उसके कानों को छूने लगी। कुछ बहुत ही अजीब तरह की आवाजें को अभी बिल्कुल स्पष्ट तो नहीं था लेकिन ज्यादा दूर भी नहीं था। और जैसे - जैसे उसकी आंखों के सामने से अंधेरा छटता गया वह ध्वनि भी स्पष्ट होता गया। किसी की दर्द से कराहने की ध्वनि तो बाहुबल से कई गुना ज्यादा शक्तिशाली सलाखों को तोड़ देने की कोशिश करने की आवाजें, किसी की चीखने की ध्वनि

तो किसी की रोने की। अपने शरीर की स्थिति को समझते हुए कुछ देर के लिए उसने आंखे बंद कर ली और इन आवाजों को सुनकर उसे तो इतना ज्ञात हो गया था कि कई लोगों के साथ वो सलाखों के भीतर कैद है।लेकिन क्यों? इसका उत्तर कौन देगा?

किसी बड़े कार्यकर्म के दर्शक की तरह अनगिनत संख्या लोगों की उपस्थिति का अंदाजा उनके मध्य हो रही अत्यन्त धीमी स्वर में वार्तालाप से किया जा सकता था। उन संवादों को सुन कर उनकी संख्या का अनुमान लगाना मुश्किल था लेकिन यही संवाद की ध्वनि सलाखों के भीतर उपस्थित लगभग सभी लोगों के भय के स्तर को बढ़ा रहा था क्योंकि वो जानते थे कि उन्हें यहां पर कैद क्यों किया गया है। जब कन्हैया ने अपनी आंखे खोली घायल और लहूलुहान कई लोग यहां पर थे। इस बड़े से कमरे का वृहद क्षेत्र भी पर्याप्त नहीं था कि वहां पर उपस्थित सारे लोग ठीक से बैठ सके।

एक बहुत बड़े पर्दे से ढके सलाखों के पीछे कुछ लोग प्रयत्नशील थे अपने बाहुबल से उसे तोड़ने को लेकिन नाकामयाबी के अलावा उन्हें कुछ और नहीं मिला। छोटे से पिंजरे में कैद कई मुर्गियों की तरह जिनके पास मरने के अलावा कोई और विकल्प ही नहीं था। कमरे में ना ही कोई खिड़की थी और ना ही कोई ऐसा माध्यम कि रौशनी भीतर आ सके परन्तु फिर भी वहां उपस्थित हर एक की शक्ल और हालत को वो स्पष्ट देख सकता था। दर्द से कराहते कोई जख्मी लोग जिनकी शक्ल को वो पहली बार देख रहा था और उनके चेहरे पर छपे भय के

लेख को पढ़ कर ज्ञात हो गया कि यहां पर उपस्थित हर एक की मौत बस अगले कुछ ही क्षणों के बाद तय है और बचने का हर एक प्रयास व्यर्थ है।

किसी के कदमों की आहट ध्वनि सुनकर वो लोग जो सलाखों को तोड़ने का प्रयत्न कर रहे थे भयभीत होकर दुबक कर बैठ गए। बहुत बड़ी संख्या में उपस्थित लोग जो अपने प्रतिनिधि एवं नेतृव करने वाले का इंतजार कर रहे थे, कदमों की ध्वनि सुनकर शांत हो गए और अपना ध्यान उन बड़े से मंच जैसे विशाल शिलापट्ट पर केन्द्रित किए। और अपने सेनापति कि पहली छवि देखते ही "सुमासुर की जय" की जयजय कार करने लगे। बिल्कुल ही दैत्यों सा दिखने वाला एक आदमी शाही लिवास में सुसज्जित उस मंच पर आया और एक स्थान पर खड़ा हो गया। अगले कुछ क्षणों तक अपने नाम का जयजयकार सुनने के उपरांत उसने उन लोगों को शांत होने का आदेश दिया। दाहिने हाथ में लिए अपने तलवार को ऊपर की ओर उठा कर उसने कहा कि जयकार उसकी नहीं बल्कि दैत्यराज की लगाई जाए। और फिर उसने भी कालंबकासुर के जय की जयकारा लगाने लगा।

"कालंबकासुर की जय..!" की ध्वनि देखते ही देखते समस्त क्षेत्र में गूंज उठा और लोग उत्साह से साथ दैत्यराज के नाम की जयकारा लगाने लगे। जयकारे की ध्वनि कन्हैया के साथ सलाखों के पीछे कैद सारे लोगों के भीतर भय के स्तर को शीर्ष पर पहुंचा दिया । कन्हैया तो अभी तक अज्ञात था कि आखिरकार उसे और इन लोगों को यहां

पर कैद क्यों किया गया है? इस प्रश्न का उत्तर ज्ञात करने के लिए एवं सुमासुर की छवि देखने के लिए वो सलाखों के बिल्कुल पास गया और उस विशाल पर्दे में एक छोटा सा छेद करके झांका।

तलवार को आसमान की ओर किए सुमासुर मंच जैसे उस विशाल शिलापट्ट पर खड़ा कालंबकासुर की जय का नारा लगा रहा था और उस शिलापट्ट के नीचे खड़े बहुत सारे दैत्य जिनकी छवि बेहद ही डरावनी थी सुमासुर के बाद कालंबकासुर के नाम का नारा बहुत ही उत्साह से साथ लगा रहे थे।

"मेरे दैत्य भाइयों। आज के दिन हमसब को यहां पर मिलने का उद्देश्य है अपनी एक और कामयाबी पर जश्न मनाना और हमें ये बताते हुए बहुत हर्ष हो रहा है कि वो दिन अब दूर नहीं जब इस खूबसूरत धरती पर हम दैत्यों का ही आधिपत्य होगा। हमारी सफलता हमसे बस एक कदम दूर है। तो अपनी सफलता का जश्न मनाने के लिए आज मेरे तरफ से आपसब के लिए पेश है इंसानों की मांस की दावत। "सूमासुर के भाषण को सुनकर सारे दैत्य लोग फिर से उसके नाम का जयकारा करने लगे।

"करेंगें। मानवों द्वारा पूजे जाने वाले उस ईश्वर को भी हम अवश्य दंडित करेंगे। छल करके जिसने हमारे पूर्वजों को हराया था लेकिन अब वक़्त आ गया है कि इस धोखेवाज को भी दंडित किया जाय जिसे आज तक ये सारे मानव पूजते आएं है। धरती पर बहने वाली नदियों में जल के बजाय इन मानवों का रक्त होगा क्योंकि एक बार फिर से

हमलोग मौत त्योहार बनाएंगे और इन मानवों को मिटा कर इस धरती पर दैत्यों का आधिपत्य स्थापित करेंगे।" बोलते हुए सुमासुर उस वृहद क्षेत्र को ढके बड़े से पर्दे के पास गया और उसे खींचते हुए बोला," तो पेश है दावत के लिए जीवित मनुष्यों का शव।" पर्दा हटते ही कन्हैया ने सुमासुर की छवि को स्पष्ट देखा। उसकी ऐसी बातों पर तो उसे बहुत क्रोध आ रहा था और उसका दिल कर रहा था कि तुरंत ही इन सलाखों को तोड़कर ऐसे पागल इंसान को मार डाले जो खुद दैत्य बता रहा है और इंसानों की मांस की दावत खाने की बात कर रहा है। पर्दे को हटाने के बाद उसने पिंजरे का दरवाजा खोलकर एक इंसान को दबोच लिया और इससे पहले कि कन्हैया कुछ करने की सोचता उसने उस दरवाजे को पुनः बंद कर दिया।

"तो जश्न मानते हैं अपनी जीत की खुशी पर और इन लोगों की मौत पर।" कहते हुए उसने उस इंसान को बिना सोचे और रहम किए शिलापट्ट पर पटक दिया और उसके जिस्म से बहते लहू को अपनी अंजलि में में उठा कर उन लोगों की भीड़ पर छिड़क दिया।

किसी ने ऐसा सोचा भी नहीं था कि खुद को दैत्य कहने वाला वो पागल इंसान उसे इतनी बेरहमी से मार डलेगा। और उसकी क्रूरता ने तो उसे तड़पने का भी अवसर नहीं दिया। कन्हैया को अचानक से अजीब सी अनुभूति हुई क्योंकि आज के पहले किसी इंसान की मृत्यु उसने नहीं देखा था। उसने आंखे बंद कर लिया। खुद को हिम्मत बंधाया और समझ गया कि आखिर वो इन सलाखों के पीछे कैद क्यों

है? उसकी इस क्रूरता पर कन्हैया का क्रोध आया और उसका मन करने लगा कि अभी इन सलाखों को तोड़कर उस क्रूर को मृत्युदंड दे दे लेकिन दूसरे ही पल ख्याल आया कि जिन सलाखों को कई लोग मिलकर भी नहीं तोड़ सके भला मै अकेले कैसे तोड़ सकता हूं? लेकिन प्रयास करने में क्या बुराई है?

अपने शक्तियों को केन्द्रित करके उसने जोर से उन सलाखों पर लात मारा जिसका परिणाम वास्तव में अचंभित करने वाला था। मात्र उसके एक ही प्रहार से सलाखों टूट गई और इस घटना ने वहां उपस्थित हर एक ध्यान कन्हैया की ओर खींच लिया चाहे वो इंसान हो या दानव।

"उफ्फ। ये क्या कर दिया मैंने? अब तो ये लोग मुझे सबसे पहले मारेंगे।" सबका ध्यान अचानक से अपनी ओर आकर्षित हुआ देख कर भय का बीज न सिर्फ उसके हृदय में उत्पन्न हुआ बल्कि विकराल वृक्ष का रूप भी धारण कर लिया। निस्तब्ध सुमासुर सहित अन्य दैत्य एवं सलाखों के पीछे कैद वे सारे लोग बस कन्हैया को ही देख रहे थे।

बहुत ही मंद रफ्तार में कन्हैया दो कदम आगे बढ़ा और उन सलाखों पर खड़ा हो गया। इस स्थान से सुमासुर के अनुययियों की भीड़ स्पष्ट दिखने लगा और पहली झलक में इनकी संख्या का स्पष्ट आंकलन संभव ही नहीं था। इतनी बड़ी भीड़ को देखकर किसी भी शख्स का दर जाना बिल्कुल ही स्वाभिक होता है। वह दो कदम और आगे बड़ा हृदय में उमड़ रहे भय को छुपाते हुए।

"मौत तो तय था कन्हैया लेकिन तुम्हारी ये गलती न जाने तुम्हारे मौत को कितना दर्दनाक बना देगा। और अब तो तुम्हे स्वयं ईश्वर भी नहीं बचा सकते है मरने से।" उसने अपने आप से कहा। श भयभीत तो था लेकिन उसके बढ़ते कदम हर किसी को यकीन दिलाने पर मजबुर कर रहा था कि इतनी बड़ी दैत्यों की भीड़ के समक्ष भी वह निर्भय है।

"यही है वो इंसान।" दर्शकों के भीड़ से एक दैत्य ने कहा और भीड़ से निकलकर बाहर आया। यह वही दैत्य था जिससे कन्हैया ने उस लड़की को जंगल में बचाया था।

"इसी ने उस दिन रोमासा को अचेत कर दिया था।"

कन्हैया भी सांढ जैसे दिखने वाले उस दैत्य को पहचान गया। यह तो वही था जो अपने साथी की दशा देख कर ऐसा भागा था जैसे गधे के सर से सिंह। लेकिन इस वक़्त अपने साथ कई लोगों की बहुमत पा कर बहादुर की भांति बोल रहा था।

"अब तो इसने भी मुझे पहचान लिया। क्या आवश्यकता थी उस लड़की को बचाने की। अब तो मरना बिल्कुल तय है।" कन्हैया ने अपने आप से कहा।

निस्तब्ध सुमासुर अब भी कन्हैया को टकटकी लगा कर देखे जा रहा था। उसके चेहरे की अभिव्यक्ति से स्पष्ट हो रहा था कि शायद

वो कन्हैया को पहचानता है लेकिन उसे अपनी आंखों पर विश्वास ही नहीं हो रहा था।

"डरो मत यह सिर्फ एक मानव है और हमलोग दैत्य। इनकी तुलना में कई गुना ज्यादा शक्तिशाली और ये लोग तो कमजोर और बेवकूफ होते है।" वह कुछ और कहता कि कन्हैया की पहचान की पुष्टि उसके जहन ने कर लिया। " आदित्य तुम?" उसने आश्चर्य से कहा। " यह संभव नहीं हो सकता। या तो मै कोई स्वप्न देख रहा हूं या तुम मेरी बस एक कल्पना हो। क्योंकि एक इंसान के लिए पुनः जीवित होना संभव ही नहीं। नहीं। तुम आदित्य हो नहीं नहीं सकते।"

"आदित्य। तुम मेरे पिता जी को कैसे जानते हो? सुमासुर आहिस्ता - आहिस्ता पीछे की ओर बढ़ने लगा बिना कन्हैया के प्रश्नों का उत्तर दिए हुए।

"मै अपने पिता के कहानी से अज्ञात हूं परन्तु उनके बारे में जानना चाहता हूं। कृपया बताओ कि तुम उन्हें कैसे जानते हो?" उस इंसान की हत्या को भूल कर कन्हैया ने अपने सारे क्रोध को त्यागते हुए सुमासुर से बहुत ही नम्रता से पूछा। लेकिन वक़्त ये अभी बिल्कुल नहीं चाहता था कि वो अपने पिता की कहानी को जाने।

"मै यहां तुम्हारे पिता की कहानी कहने के लिए नहीं उपस्थित हूं। उसके बारे में जानकर भी क्या करोगे जबकि तुम्हारी मृत्यु अभी बस होने ही वाली है?" सुमासुर ने उत्तर दिया और तीन दैत्यों को सांकेतिक

भाषा में आदेश दिया कि बिना वक़्त गवाए कन्हैया को मृत्यु के हवाले कर दे।

अपने नेतृत्वकर्ता के आदेश का पालन करने के लिए उन तीन दैत्यों ने अपने - अपने हथियार ले लिए और कन्हैया की ओर बढ़े। अब क्या होगा यह जानने की जिज्ञासा और साथ ही में मौत का भय लिए वो लोग अब भी अपने - अपने स्थान पर खड़े थे क्योंकि वे जानते थे कि किसी भी प्रकार का उनका प्रयास उन्हें तत्काल मौत दे देगी। अपनी पूर्ण शक्तियों से अज्ञात कन्हैया अपनी ओर आते उन तीन दैत्यों के खतरनाक हथियारों को देखकर भयभीत हो गया। मौत को समक्ष देख कर ईश्वर को याद किया और अपनी मां की सलामती की दुआ मांगी। कायरों की तरह मरने से तो बहादुर की तरह लड़कर वीरों जैसी मौत मरना बेहतर है यही सोचकर वह भी आगे बढ़ा और उस पहले दैत्य को आक्रमण करने से पहले ही कन्हैया ने एक घुसा जोर से उसके पेट पर जमा दिया। और दोनों आंखों को बंद करके अपनी गर्दन को धड से अलग होने का इंतजार करने लगा। लेकिन जब अगले कुछ क्षणों तक किसी ने उसपर प्रहार नहीं किया तो उसने अपनी आंखें खोली और देखा कि वह दैत्य अचेत पड़ा है। उसके दुस्साहस पर क्रोधित होकर वहां उपस्थित सारे दैत्य एक साथ कन्हैया पर आक्रमण करने के लिए बढ़ने ही वाले थे कि सुमासुर ने उन्हें रोकते हुए कहा कि अभी वक़्त इस तुक्ष मानव से लड़ने का नहीं है। और इतना कहते ही अदृश्य हो गया। उसके अचानक से अदृश्य होने के उपरांत अन्य सभी दैत्य भी देखते ही देखते गायब हो गए परंतु कन्हैया

उनके ऐसे व्यवहार को समझ नहीं पाया और उसकी जिज्ञासा और प्रश्न आज फिर से निरुत्तर ही रहा।

लेकिन आज इस अनोखी और अनचाही घटना के कारण ही कन्हैया उस सारे लोगों को बचाने वाला मसीहा बन गया। लेकिन ये लोग कौन थे और इन पागलों के चंगुल में कैसे फंस गए थे क्या पता? परंतु कन्हैया ने आज उन सबको मौत के मुंह से बाहर खींच लाया। वे सारे दैत्य भाग गए थे या वजह कुछ और था पता नहीं परंतु सलाखों के पीछे कैद उन लोगों को जीवन पुनः मिल गई। मौत के मुंह से जिंदगी को छीन कर उनके मध्य बांटने वाले उस मसीहा को ईश्वर का दर्जा देकर लोगों ने उसे अपने कंधे पर उठा लिया। इसे वह अपनी जीत समझता या उन दैत्यों की कायरता ज्ञात नहीं परंतु लेकिन सौ से भी ज्यादा लोगों के चेहरे पर उसके वजह से आईं खुशी और उम्मीद ने उसे गौरवान्वित महसूस करने पर विवश कर दिया। जब लोगों ने उसे सराहने के लिए अपने कंधे पर उठाया तब उसकी नजर कोने में बैठी एक घायल लड़की पर पड़ी। बिल्कुल वैसा ही लिवास, काले रंग का, जिसने उसके हृदय को भेद कर मोहब्बत की गहरी खाई में धकेल दिया था। ऐसे ही परिधान पहने एक लड़की को उसने कुछ दिन पहले जंगल में सांढ जैसे दिखने वाले दो लोगों से बचाया था, और आज उसे ही ढूंढने तो निकला था परंतु ये अनचाही घटना -

पता नहीं यह घटना उसके लिए लाभप्रद था या नहीं लेकिन अगर वो उसे आज ढूंढने न निकलता और ये लोग अचेत कर इसे यहां नहीं

लाते तो संभव था कि यहां पर अब तक खून की नदियां बह रही होती और बहुत बड़ी मात्रा में उपस्थित नरभक्षियों की भीड़ इन लोगों की मांस को नोच नोच कर खा रहे होते। जख्मी होने की वजह से लहू से रंगे उसे लड़की के पैरों की पायल की चमक और गहरे चोट की वजह से इस वक़्त तो उसके लिए स्वयं उठ खड़ा हो पाना संभव नहीं था उन लोगों की खुशी को देखकर वो भी अपने दर्द को भूल कर मुस्कुरा रही थी। लेकिन किस हद तक मुस्कुराती वो? अपने नज़रों के सामने ही उसने कई लोगों की मौत देखी था और इतने सारे लोगों को इस मुसीबत में डालने वाली भी तो यही थी।

उस लड़की का परिधान और वस्त्र में लिपटे लहू के रंग तो स्पष्ट दिख रहा था कन्हैया को परंतु उसकी शक्ल अपर्याप्त रौशनी की वजह से अंधकार के पर्दे से ढका हुआ था। उस शख्स की मौत को जिसे सुमासुर ने बेरहमी से शिलापट्ट पर पटक मार डाला था कुछ घड़ी पहले, मौत के मुंह से बाहर निकलने की खुशी में सभी कुछ देर के लिए भूल गए थे, परंतु उनमें से जब कुछ लोगों ने कन्हैया को उस लड़की की ओर देखते हुए देखा, तो उनके हृदय में सहसा ही क्रोध की ज्वालामुखी विस्फोट कर गई। "इसी लड़की की वजह से आज हम सब मौत के मुंह में थे और अगर ये जीवित रहेगी तो मुसीबतों का ये मौसम कभी भी समाप्त नहीं होगा।" बोलते हुए लोग उसे मारने दौड़े।

कन्हैया को घटना से परिचित नहीं था लेकिन अब वह किसी और की मौत नहीं देख सकता था। उस लड़की को बचाने के लिए वो उसके आगे जाकर चट्टान की तरह खड़ा हो गया।

"आप हट जाओ हमारे मार्ग से। क्योंकि आज इसका मौत तय है।" उन लोगों में से सबसे आगे खड़े एक शख्स ने कन्हैया को कहा। उसके कहने का तात्पर्य स्पष्ट था कि वह उस घटना से बिल्कुल भी परिचित नहीं है जिसकी वजह से वे लोग आज मृत्यु के बिल्कुल ही समीप थे, और यही वजह है कि उस लड़की को दण्डित करने से वो उन्हें ना रोके। अगले ही क्षण यह सोचकर कि कन्हैया अब उनके और लड़की के मध्य नहीं आएगा वे लोग फिर से तूफ़ान की तरह लड़की की ओर बढ़ने लगे। कन्हैया ने फिर उन्हें रोका।

"नहीं। रुक जाइए। मै आपलोगों को ऐसा करने नहीं दूंगा।"

"आप भले हो और हम लोगों की जान बचाने वाले ईश्वर भी लेकिन जिस विलक्षण को आप बचाना चाहते हो ना? कई बेकसूरों की मौत वजह है और इसी विलक्षण के कारण आज हम सब मरने वाले थे।" उन्होंने उत्तर दिया।

"पर मैं तो नहीं था?" कन्हैया ने प्रश्न किया। "मै तो ना ही आप सब से परिचित हूं और ना ही इस लड़की से जिसे आप विलक्षण बता रहे हैं?" क्योंकि उसने अभी तक उस लड़की का चेहरा नहीं देखा था। उसके प्रश्न ने उस शख्स को क्षण भर के लिए विचार करने पर मजबूर

कर दिया जो उन लोगों की प्रतिनिधि और उस लड़की को दण्डित करने के लिए सबसे पहले खड़ा था।

"इसकी वजह तो मै नहीं बता सकता लेकिन यह लड़की विलक्षण है और हम इसे दण्डित अवश्य करेंगे।" विचार करने के पश्चात जब उसे कन्हैया के प्रश्नों का उयुक्त उत्तर नहीं मिला तो बोला।

"इसे दण्डित अवश्य करेंगे।" अन्य लोगों ने उसके पीछे दोहराया।

"रुको। मै ऐसा करने बिल्कुल नहीं दे सकता। इसे दण्डित करना चाहते हो ना तुम सब? कर लेना दण्डित लेकिन पहले ये बताओ कि इसका अपराध क्या है? मुझे वो घटना बताओ और बताओ कि कैसे तुमलोग यहां पर मौत के मुंह में कैद थे? और अगर ये गुनेहगार निकली तो अवश्य कर लेना दण्डित इसे। अन्यथा..."

"यह लड़की गुनेहगार है और हम इसे अवश्य दण्डित करेंगे।" उसने कन्हैया के वाक्य का अवरोध करते हुए कहा।

"करने दो दण्डित इन्हे क्योंकि वास्तव में मै इन सब की गुनेहगार हूं।" अत्यन्त वेदनापूर्ण शब्दों में लड़की ने कन्हैया को उसके और लोगों के बीच से हट जाने को बोली। शब्द की वेदना इतनी तीव्र थी कि हृदय को भेद जाय और उसकी बेगुनाही को साबित करने के लिए पर्याप्त था। परंतु उन लोगों की खुशी के लिए बिना किसी गुनाह के भी दण्डित होने के लिए तैयार थी। विस्मित होकर कन्हैया उसकी ओर

मुड़ा। गहरे चोट से उत्पन्न हो रही तीव्र पीड़ा को अनदेखा करके वह खड़ी होने का प्रयत्न कर रही थी। यह देख कर कन्हैया उसके पास गया और उसके खड़ा होने में मदद किया। और इसी दौरान उसने उस लड़की का चेहरा भी बहुत नजदीक से देखा। उसकी उपस्थिति ने कन्हैया को अभिभूत कर दिया और उसने कभी ऐसा सोचा ही नहीं था कि अपने परिधान से उसे मोहित करने वाली स्त्री के उसकी दूसरी मुलाकात इस प्रकार होगी।

जिंदगी में अकसर ऐसा ही होता है। इंसान जिस घटना के घटित होने की कल्पना भी नहीं किया होता है वक़्त के षड्यंत्र में उलझ जाता है और मजबूर हो जाता है। अनामिका की ऐसी उपस्थिति की कल्पना तो शायद आपने भी नहीं की थी और क्या यह अनामिका का षड्यंत्र था कन्हैया को अपने प्रेम पाश में बांधने और अपने मकसद को पूरा करने के लिए? षड्यंत्र तो था ही परंतु उसकी जिंदगी में इस तरह से आगमन करने का क्या तात्पर्य था? और अगर यह षड्यंत्र था तो वो घायल क्यों थी? और वे लोग उसे कैसे जानते थे? बहुत सारे प्रश्न उभर कर आते है। जो शायद आने वाली कहानी को और भी रोचक बनाने के लिए बेहतर हो। और क्योंकि यह तो मात्र इस कथा का आरंभ है। यूं कहें पहला अध्याय। अभी तो आरंभ होगी अनामिका और कन्हैया की प्रेम कहानी और दैत्यों के इतिहास में बदलाव। क्या सफल हो जाएगी अनामिका अपने लक्ष्य में या हार जाएगी कन्हैया के प्यार में? फिर ये आदित्य की क्या कहानी है? और कन्हैया की मां उसे क्यों नहीं सब कुछ बताना चाहती है? लोगों को मोहित करने का अद्भुत

हुनर और गुरुकुल के उस झरने का रहस्य। दैत्यराज का पतन और एक और अद्भुत प्रेम कहानी।

अब तो उसके गुनाह के बारे में जानना और भी अनिवार्य हो गया था। पहले तो दो दैत्य उसके मारने को व्याकुल थे और आज भी मौत उसे चारों ओर से घेरे हुए है। आखिर बीते कुछ दिनों में ऐसा क्या हुआ था इसके साथ कि दर्द देने वालों घावों की अनगिनत संख्या उसके जिस्म और हृदय पर थे।

"इन्हे लगता है कि मेरी ही वजह से ये लोग मौत के मुंह में थे।